GOBOOKS
& SITAK
GROUP©

GOBOOKS
& SITAK
GROUP©

三日月書版

三日月書版

輕世代
FW196
KEEP OUT
PHANTOM AGENT
novel.
胡椒椒
幽靈代理人
illust.霞野るきら
3
三日月書版

幽靈代理人
KEEP OUT

PHANTOM

CONTENTS

AGENT

PHANTOM
AGENT
主角
characters
人物介紹
有沒有搞錯啊！想找凶手復仇為啥要找我!?
又不是我害的，白痴鬼！
●年齡：17
●身高：172cm
高中生，不良少年，
正處在叛逆中二期，
外表凶暴，但其實容
易心軟。

死鬼
PHANTOM AGENT
我想請你幫忙。奉勸你先考慮清楚，我不習慣被人拒絕。
●年齡：未知
●身高：184cm
生前是警察，精英分子，自視甚高，最常見的表情是面無表情，或是帶有優越感的冷笑。

PHANTOM
AGENT
蟲哥
characters
人物介紹
組長死後，我往上頂替了他的位置，現在唯一的目標就是要揪出琛哥！
●年齡：28
●身高：189cm
警察，死鬼學弟，個性陽光開朗愛笑，有點糊塗。

幽靈代理人

Chapter 1

醫院有鬼

「來，嘴巴張開~」穿著粉紅色制服的小護士嬌滴滴地說。

面對這樣的美女，我怎麼能拒絕她的要求呢？

「啊——」

小護士將葡萄放進我的嘴裡，眨著水汪汪的大眼問道：「好不好吃啊？」

「嗯，很甜。」我伸出手摟住她的腰，「不過沒有妳甜。」

「討厭啦~」小護士嬌嗔。

我淫笑著正想對她上下其手時，病房門突然「砰」一聲打開了。死鬼一臉怒氣沖沖地踱了進來，周身環繞著黑暗陰冷的氣息。

「你這個負心漢。」死鬼指著我的鼻子，陰鬱地說。

對於死鬼的指責我置若罔聞，不耐煩地道：「男人有個三妻四妾是很正常的，你妹妹我會對她負責，明媒正娶讓她做大老婆。」

死鬼的臉色緩和下來，似乎對於這個結果還算滿意，但隨即又擺出一張晚娘臉道：「這個問題解決了，那麼另外一個呢？你打算怎麼辦？」

我訝異道：「另外一個？你還有其他妹妹嗎？」

死鬼緩緩靠了過來，兩手輕輕地撫上我的脖子，哀怨道：「我說的，是、我、啊……」

我瞬間進入當機狀態，死鬼臉色一沉，用力地掐住我。

「救、救命啊！要是殺了我，你妹妹就會變寡婦啊——」

我猛然睜開眼睛，死鬼蒼白的臉近在咫尺。

「饒了我吧！」我慘叫求饒。

他面無表情說道：「你腦子進水了？」

這才是我所熟悉的死鬼的語氣。我愣了一下，察覺到旁邊微弱的光，從層層遮掩的綠色窗簾中透進來。

不只是窗簾，地板、牆壁——除了被我故意翻倒葡萄汁洗不掉的地方外——舉目所見皆是一片死氣沉沉。我還在醫院裡。

我鬆了口氣，剛剛那個夢前半段實在讓人回味無窮，但樂極生悲，從死鬼出現開始就走樣了。仔細想想，這完全是我人生的寫照。

「你睡覺睡得真激烈，八成又做了一輩子不可能實現的夢。」死鬼一針見血地說。

「你只說對了一半。」我有氣無力地說，「我剛剛夢到你像個怨婦一樣……咦？」

我赫然發現死鬼的臉跟我同高，那不就代表他是蹲跪在病床旁邊？想不到他這麼關心我，連睡覺時也要像電視上一樣，握著我的手細心地照顧。

我欣慰道：「死鬼，你不用太擔心我，我住院還不是因為老爸杞人憂天，以為……」

他冷淡地打斷我：「我不擔心你，而是你擋路。」

他這一提醒我才察覺到，為什麼天花板這麼低啊……因為我浮在半空中！

身體下墜摔落地面。雖然不會痛，但實在是束手無策。我坐在地上，死鬼居高臨下俯視著我，而我只能看著在床上的我的身體。

「為什麼？我只是想好好睡個覺罷了，為什麼會一直跑出身體啊！」我哀號。

「就跟運動傷害一樣，只要沒做好適當處置就會變成習慣性扭傷。而你，是無意識地習慣性靈魂出竅。」他冷靜地分析。

之前歷經了很長一段沒有身體的時期，但我終究成功回來了。可是現在有更棘手的問題，我的靈魂好像跟身體有些「聯結」總是無法連上，每當我睡覺時，靈魂就會掉出來，最後都是死鬼叫醒我回到身體。

我躺回身體，想著回去的感覺，然後咻一下就重新融回肉體裡。

習慣性出竅的唯一好處，就是我練就了可以靠自己的意志力，隨意地「出去」或「進來」……有時候需要死鬼小小幫忙一下。

我從床上坐起，忿忿然道：「靠！我也要去弄條編人髮浸雞血的繩子，把我的靈魂綁在身體裡！死鬼，你之前也是被那種繩子綁在我的身體裡出不來吧？」

「沒錯。」死鬼嘴邊浮起愉悅的笑容，「不過我想你一定忘記了，你的身體接觸過那繩子的地方全都起了紅疹子，癢到晚上都睡不著，最後還用了大量類固醇才勉強治好。通常這種過敏反應，有將近百分之百的復發機率。」

「靠！」

他沒理我，走到窗前唰地拉開窗簾。雖然已經入冬，不過天氣依然太過溫暖，陽光依舊耀眼。

我伸手擋著刺眼的光，邊暗罵著死鬼擾人清夢，正準備下床去梳洗時，腳甫一接觸到冰涼的石質地板，突然一陣劇痛從腳踝傳來。床底下有個東西攫住了我的腳，將我往床底下拖！

我慘叫一聲，那股力量隨即用力地放倒我。我一倒地，不知名的力量忽然消失，我連滾帶爬離開攻擊範圍，只見床下一對閃爍著詭異光芒的眼睛，對我虎視眈眈！

「你這隻爛狗竟然又偷襲我！我一定要叫衛生所來抓你！」我抱著鮮血淋漓的腳踝淒厲地哀號。

賤狗趴在床底，打了個哈欠，一派閒適自得的模樣，完全看不出來牠是隻凶猛嗜血的外星生物，不過牠嘴邊的血跡是騙不了人的！

死鬼走過來查看我的傷口，瞧了一眼便嗤之以鼻道：「只是擦破了點皮。」

「很痛耶，你看血絲都冒出來了！」

「就跟你說了，007 的地盤意識很強烈，不是說好你從另一邊下床？這一邊是 007 的地盤，你這樣擅闖也不能怪牠攻擊你。」死鬼一副我是自作自受、怨不得別人的樣子。

我義憤填膺道：「我才要提醒你，醫院裡怎麼能讓狗進來？要不是你擅作主張讓賤狗偷渡進來，我現在就會享受著美好的住院生活了！」

他冷笑道：「你放心吧，就算 007 不在，也不會有可愛的護士來服侍你的。」

被死鬼說中我的妄想，我只能乾笑一聲、訕訕開溜。

之前我一時忘記老爸還在旁邊，跟死鬼說話說得太開心被當成神經病，老爸一廂情願地認為我一定撞壞腦袋了，不管其他醫生都檢查不出異狀，堅持讓我住院到清醒為止，我也樂得逍遙自在，請了病假連學校也不用去。

「我知道你過得很開心，但還是及早出院比較好。」死鬼又在旁邊危言聳聽，「這醫院裡，不屬於活人的氣息越來越多，似乎變成鬼魂的聚集地了。」

「拜託，醫院裡鬼故事最多誰不知道。」我敷衍道，「其他病人都好好的，就算作祟也不一定會來找我啊。」我挖了坨鼻屎想要彈死鬼，不過勁道不足，掉到我的床單上。

「那是因為你沒看到半夜來巡房的『那些人』。」他陰森地說。

「你少嚇我！誰信你鬼扯淡。」我不屑道，「不用你說我也打算要出院了，住這裡悶得我都快發霉。」

我伸伸懶腰，跳下床開始收拾行李。老爸和羅祕書大概把我的家當全搬來了，整理時才發現東西多得不像話，連我珍藏的「九零年代經典電影」ＤＶＤ都拿來了，幸好他們不知道裡面裝的是「誘惑ＯＬ！」系列。

我正跟賤狗搶奪我被咬得破破爛爛的帆布鞋時，門猛力地被撞開了。進來的人，不是醫生和護士，出乎意料地是捧著滿手東西的蟲哥。

我剛剛才跟蟲哥通過電話，他說要來探病，我便請他幫忙帶一些東西，沒想到這麼快就跑來了。

「嗨啾！你身體好了沒啊，怎麼住院住這麼久？」

蟲哥一進來便展現了他媲美五百瓦電燈泡的笑容，比陽光還刺眼。不過老子這時心情不好，心裡暗罵：笑屁啊？來探病很開心嗎？

他將探病的花束隨手扔在一旁，非常不客氣地拉了張椅子坐下。

「抱歉，這麼久才來看你，不過這次破獲的製毒工廠真是太大了，光錄口供就花了好幾天，起出的毒品和現金已經不是上億可以比擬了，還有其他零零碎碎的武器，把我們刑事局的證物室都塞滿了。」

關於他們的偵查進度，我一點興趣都沒有。我只注意到蟲哥旁邊大包小包、散發出油滋滋香味的東西。他察覺我的視線，拿起那些袋子獻寶似地說，「我帶了好料來喔，這是XX村的滷味，還有四兄弟豆花，和你一定會喜歡的——K爺爺炸雞桶！」

「太棒了！好久沒吃這麼好了！」我興奮地丟下鞋子，打開蓋子聞香。

之前一段時間沒有身體，回來後又只能吃醫院淡而無味的病人餐，聞到香味，我肚子裡的饞蟲似乎都活躍起來。

道。

「對了，你在做什麼？這裡活像是被轟炸過一樣。」蟲哥看著滿目瘡痍的病房問道。

我迫不及待抓起炸雞和薯條就往嘴裡塞，口齒不清地說：「偶在整理啦，準備粗院了。」

死鬼厭惡地說：「麻煩你記得自己身為人該有的儀態，連007的吃相都沒這麼難看。」

我嗤之以鼻，想說些什麼，結果才冒出一個字，嘴裡的豆花就跟著噴出來了。死鬼非常靈巧地閃到一邊去，躲過了我的食物攻擊。

蟲哥沒反應過來，被豆花噴了一臉。我連忙拿紙巾給他擦臉，才發現他眼睛下方有著淡淡的黑眼圈，像是爆肝打電動的收穫。

這倒有些奇怪，蟲哥一向是號稱最遲鈍也最耐操的刑警，之前青道幫在碼頭邊火併的重大傷亡案件，他一個禮拜沒睡覺還是依舊陽光開朗。

我感到有些奇怪，於是開口詢問。

「唉，如果只有那個溫泉毒品案件也就罷了，我們現在有更大的問題。」蟲哥很難得地鬱卒道，「其實我今天也有點事要請教你，這應該算是你的業務範圍吧。」

「啥啊？」我一頭霧水。說起來我的本業是不良少年，我的專業技能當然不出聚眾打架、破壞公物等作奸犯科之事。

蟲哥壓低聲音道：「我們警局裡鬧鬼。」

我在腦子裡醞釀了許久，知道是那個「鬧鬼」之後，我考慮了一下，決定省略嘲笑的環節，畢竟他說得挺認真。

「噗……鬧、鬧鬼？」我憋住笑問他，差點就破功了。

「嗯！」蟲哥神祕兮兮地點頭，「很多同仁都看到了。每次值夜班時，都有人看到穿紅衣服的女鬼，在空無一人的會議室或茶水間遊蕩，一堆人都不敢值夜班了。」

「你看過嗎？」我問。

「沒有啊，我從來沒看過鬼，所以也不曉得該怎麼辦才好。」他傷腦筋地抓抓後腦勺。

我想也是，旁邊那麼大一隻鬼你都看不見了。我瞟瞟死鬼，只見他很不以為然地搖搖頭：「真是亂七八糟，應該讓這些造謠生事的人交報告。警局堪稱是人間陽氣最重的地方，不太可能有鬼。」

「你還不是進去了，說不定其他好兄弟也可以啊。」我反駁道。

「什麼？」蟲哥抬頭道。

「沒、沒有啦，我是說，這樣好像很奇怪。人家不是說鬼會怕警徽嗎？遇到的時候就把帽子上的鴿子亮出來就好啦！」警徽金光閃閃，別說是鬼了，連人都不想靠近。

「可是那是穿紅衣服的厲鬼耶！」蟲哥睜大眼睛驚詫道。「大家看到逃命都來不及了，哪還有時間拿警徽對著她？而且警局牆壁上就有警徽了，比帽子上的大上好幾倍，那個紅衣女鬼還是照樣穿梭自如。」

我很辛苦才忍住笑，想像那些條子們看到女鬼落荒而逃的可笑樣子，真是大快人心。尤其又看到死鬼一臉想從墳墓裡跳起來的模樣，要是他在的話，應該不會允許那些部下散播謠言。

死鬼冷哼了一聲：「都是些無稽之談。」

我用嘴型無聲跟他說：你自己就是個拿黑令旗回來復仇的厲鬼啊！

說起黑令旗，說不定這個女鬼也是有冤屈，所以拿著黑令旗回來報仇？我問蟲哥：「你們局裡有沒有什麼破不了的懸案啊？」

「多得是！後來我們請了法師來超渡也沒用，那女鬼晚上照樣出現。」他愁眉苦臉道。

他們找的八成都是些騙錢的神棍，說到有真材實料的，我應該介紹琛哥給他們。

「對了，還不只是這些。」蟲哥突然想到什麼似地說，「最近我們也接到很多民眾報案說有鬼，真奇怪啊，現在又不是鬼月。」

「為什麼見鬼了會報警？不是去廟裡比較快？」

「唉，我們也說過啦，可是民眾說那些廟宇道觀教會現在都門庭若市、應接不暇，所以只好打給人民保母求救。」他無奈地說。

不知為何，我開始同情這些條子了。

「現在的報案電話兩通裡就有一通是找我們去驅鬼的，樓下派出所電話接不完，只好轉來樓上刑事局，緝毒組和重案組都變成申訴管道了。我們只能請總機問清楚，真有要事才受理，結果民眾紛紛謊稱遭小偷，派了員警去現場才知道又是鬧鬼。」

我摸著下巴思索著。就我所知，這種群魔亂舞的情況，只有在發生所謂的「九星連珠」天文現象時才會出現，地球的磁場嚴重改變，造成鬼門大開。不過這是電玩情節，不能當參考。

「對了，這間醫院也打去報案了。」蟲哥笑嘻嘻道，「不過有你在應該沒問題吧？我想問你什麼時候出院，來警局幫我看一下。」

我打斷他：「報警？有鬼嗎？」

「對啊，好像是哪個主任醫師親自打來的，說醫院四處都傳出見鬼的消息，鬧得人心惶惶，甚至連護理人員都不敢來上夜班。那時我就想，你真是了不起，這間醫院鬼都比病人還多了，你竟然還住得下去。」他滔滔不絕地說。

我不由自主打了個哆嗦，突然想起今天死鬼囉囉嗦嗦叫我快出院……

「所以說啊，對於這種問題你經驗相當豐富吧？去問問那些遊蕩的亡魂有什麼生前未了的心願，這樣應該就可以超渡他們了。」他看著我，眼睛相當閃亮。

……看來蟲哥還是一心認定我是靈媒。

沒花多少時間，蟲哥帶來的食物已經被我一掃而空了。

「嗯，看來這次案件讓你的體力耗損真的很嚴重。」蟲哥對著八塊炸雞桶的殘骸下了判斷。

「……」死鬼輕蔑地看著我。

「我今天休息，幫你一起整理吧。」他開朗地說，從旁邊拿出個紙袋。「對了，這是你要的繩子。雖然沒什麼用，畢竟這是證物，所以我只帶出了一小段。」

我從蟲哥手上接過紙袋，拿出裡頭裝在透明證物袋裡的暗褐色繩子，就是死鬼被溫泉旅館老闆束縛的那條。我開心道：「這樣就夠了。」

我們一起愉快地整理行李，蟲哥說了很多往事，例如忘記提列證物然後被死鬼釘得很慘，要不就是記錯突襲時間然後被死鬼釘得很慘……他說得興高采烈，死鬼的臉色越發陰沉。

當我和蟲哥研究著「十大精選電影」時，天色漸漸昏暗。我一轉頭發現窗外的天空是濃重的黑色，心下一驚，暗叫著糟糕，竟然沒在白天時就離開醫院。現在那些亡魂應該都已經蠢蠢欲動了。

蟲哥先幫我拿了些行李去樓下。他前腳一離開，我趕緊問死鬼：「你叫我趕緊出院是因為鬼魂異常出現？好像跟蟲哥的狀況差不多？」

死鬼在一旁沙發坐下，心不在焉地看著窗外說道：「嗯，由於亡魂聚集，這間醫院的陰氣越來越重了，從外面看幾乎都可以看到籠罩在醫院周圍扭曲的黑氣。」

哇靠！想想那種情景我就覺得毛骨悚然。

「那你幹嘛不早說，我現在身體虛弱，要是被陰氣侵襲怎麼辦？」我興師問罪。

「你在醫院待得很開心，我實在不想打擾你的興致。更何況你身體虛弱，留院讓美麗的護士小姐照顧你不是更好？」

「屁啦！你哪隻眼睛看到美麗的護士小姐？只有恰北北的護士長好不好！她幫我打針的時候，我都以為是不是倒了她幾百萬，痛死了。」我心有餘悸地摸著烏青的屁股道。

打針打在屁股上似乎是這間醫院的堅持，不管老的小的，一律脫了褲子趴在診療臺上。

「不過昨天那個巡房護士好像挺漂亮的，睡得迷迷糊糊沒看清楚真是太可惜了，之前沒看過她，是新來的嗎？」我扼腕道。

我等著死鬼損我兩句，但遲遲未聽到他開口，一瞥只見他臉上詭異的笑容。我瞬間如墮冰窖，雞皮疙瘩一顆顆冒了出來。

「你該不會要說昨天巡房的小護士……不是人吧？」雖然看死鬼的嘴臉就知道結果，但我還是抱著最後一絲希望。

「原來你只看到那名護士，其他的都沒看到？」他若有所思地說。

「不——！」我哀號，「決定了，管那老頭子說什麼，我要出院！」

我馬上跳下床，提著剩下的包袱就要出去。

死鬼突然伸手擋住我開了條縫的門，沉聲道：「等一下。」

這樣跟我說話實在很不尋常，正要問他發啥瘋時，只見他臉色也異常凝重，示意我閉嘴退開，然後關上門。

「你聽。」他輕聲說。

我豎起耳朵仔細聽了半天，一點聲音也沒有……咦？我看看時鐘，現在是晚上六點整，應該是醫護人員或病患家屬正忙碌穿梭在走廊上送餐點的時間，怎麼會寂靜得像座死城一樣？

頭頂的日光燈泡閃了幾下，噗一聲熄滅了。唯有窗外的月光讓我勉強能看清楚周遭，旁邊的醫學大樓似乎也停電了，黑壓壓一片。

有個聲音在無聲中清晰起來，彷彿是重物在地上拖行發出的沉重聲響，不時還有金屬撞擊的鏗鏘聲。

那聲音越靠越近，我竟然不自覺地開始發抖，牙關喀喀打顫。我有種極不好的預感，這感覺似曾相識。

死鬼沒有任何動作，只是盯著門看。

那聲音走到我的房前，從底下門縫可以看到被走廊緊急照明燈拉出的影子。影子從右邊出現，慢慢拖著腳走，然後走過房門消失在另一邊。

許久，我吞吞口水問道：「死鬼，那是……」

「砰！」

門登時大開……不，是整扇被撞飛了，支離破碎地跌落在我面前。大量的黑霧湧進房裡，像是有生命般扭動著，四面八方煙霧瀰漫，一個身影在其中隱約浮現。

我抓住死鬼的手臂，察覺到他似乎也渾身僵硬。

一張死白的臉從煙霧中冒出，站在門口的人竟然是上次拘提死鬼回陰間的牛頭馬面之一！他拖著長長的鐵鍊，臉部還是像面具般僵硬。

他出現在這裡只有一個可能……

「時辰到了。」那個長著馬臉的鬼差說道，聲音如同我印象中的尖銳，像是指甲刮在黑板上一樣令人難受。

我抓著死鬼不敢放開，這實在太突然了，怎麼會完全沒任何預兆就要帶他走？我記得死鬼當初跟我所說，他和閻羅王講的條件不是這樣啊。

死鬼反握住我的手，冰涼乾爽的觸感依舊，只是力道多了幾分。他昂首說：「怎麼回事？我和閻王談好，等查出殺害我的幕後主使之後才會回去，白紙黑字清清楚楚。

這其中是否有什麼誤會？」

那馬臉眼睛沒眨一下，看著死鬼道：「汝與上層有何協議吾人不清楚，不過吾人受命，必於時限內領汝回歸地府報到，有何冤屈待報到後再行上訴。」

「肖欸，誰要回去啊！」我對著馬臉罵道，「死鬼，千萬不能跟他回去，要是你一去就不回怎麼辦？一定又是陰間的行政疏失，上意沒有確實傳達給負責的人員，沒必要為他們的失誤浪費時間！」

「我也有此打算。」死鬼斬釘截鐵道，「請你回去確認，我相信上面應該會給你明確的指示，若是真的要抓我回去，請拿著拘捕令來。」

「汝若執意如此，吾人別無選擇。」馬臉冷冷說道。

可惡！看來他不吃這一套。

那馬臉鬼差氣勢洶洶，一步步走向我們，馬蹄踏在地上，醫院的磨石地板裂開，留下深深的足印。我這時候才察覺這傢伙十分高大，兩隻耳朵幾乎都要碰到天花板了。

「完了，死鬼，你應該打不過這傢伙吧？他光體重就可以壓扁你了。」我伸手到背後，偷偷摸摸搆著窗戶，等會兒趁他不注意，窗戶一拉就可以跳下去了。我的病房處在二樓，一樓是草坪，應該摔不死人。

死鬼看到我的動作，搖頭笑道：「沒必要這麼做，我回去一趟解釋清楚好了。」他說著，往前邁了一步。

驟然，一個物體從旁衝出，擋在死鬼和馬臉中間。

此時我才想起，床下還躲著一隻賤狗。如果是賤狗，說不定還可以跟這傢伙打個幾回合，畢竟牠也屬於未知世界的生物。

賤狗背對著我們，對著馬臉鬼差不斷咆哮。不用看我也知道，牠現在的表情一定是凶惡無比，露出滿口利牙，口水流不停。

不過，馬臉無動於衷，持續逼近我們。

「賤狗！他要對死鬼不利耶，還不快上！」我催促道。

賤狗猛然撲了上去，張口就往鬼差的腿上狠狠咬下去。這時，鬼差的從容不迫終於瓦解，慘叫一聲，重重摔倒在地。

我倒是沒想到賤狗真能攻擊這傢伙，牠也不負眾望地緊咬不放。鬼差舉起鐵鍊揮舞著想趕走賤狗，但賤狗此時就像身經百戰的超級特務，咬著的同時還能靈敏地左閃右躲，那鬼差反而往自己腿上砸了下去。

既然賤狗能碰到他，那就代表我也能！我怒吼一聲衝了上去，抄起我的鋁製球棒猛K馬臉鬼差。

那鬼差被砸得唉唉叫，一開始出場這麼有氣勢，結果只是一隻軟腳蝦。

「停手吧，他應該沒有反擊的能力與意識了。」死鬼在一旁勸道。

我跟賤狗殺紅了眼，根本無暇理會他說的。

「這、這是怎麼回事？」

我抬眼一看，蟲哥張大著嘴站在門口，相當驚慌的樣子。

「蟲哥，就是這傢伙，他是厲鬼，要是不處理掉會危害人間！你也來幫忙！」我大吼道。

蟲哥愣了下才回神過來，一臉白痴道：「什麼鬼？我什麼都沒看到。」

「不重要啦，快來幫忙！」我指著在蟲哥眼裡只是一團空氣的鬼差說道，「往這裡打就對了，不要打到我喔！」

「喔！」蟲哥挽起袖子就要上來對付馬臉。

這時，鬼差大概是見又有其他人要來，終於狗急跳牆了。

「喔——！」他怒吼一聲，用力挺起身體，將扒在他身上的賤狗和我用力甩開。

賤狗飛出去撞到了蟲哥，我則是撞到了死鬼，兩人一鬼加一狗跌作一團。

我跌得眼冒金星，看到怒氣沖沖的鬼差一口氣站了起來，將身上背的勾魂鐵鍊像甩鞭子似地拋了過來。

霎時間濃煙大作，整個房間又陷入一片黑暗，眼前只看到翻滾著的黑霧。我手忙腳亂抓住旁邊的死鬼，深怕他被鍊子勾了去。

我緊緊抱著死鬼的手臂，他另一隻手反抱著我，手心中傳來的溫度和堅實的感覺讓我確定他還在。

金屬撞擊聲連綿不絕，然後戛然而止。同時，煙霧像是被強力抽風機抽乾一樣，一下子往房門口消散而去。

頭頂傳來「哧」的聲音，燈亮了。

睜開眼睛，就如從睡夢中醒來一樣，神經瞬間接收到光線和聲音的刺激。房門好端端地連在原本的牆壁上，護士推著推車快速經過，輪子發出潤滑不夠的嘰嘰聲；吊著點滴，老人們蹣跚的腳步拖在地上，邊走邊咳；走廊的音箱也正傳出醫院的廣播，又有小孩子走丟了。

醫院裡吵鬧了起來，就像平常一樣，其他的大樓也燈火通明，樓下車子病人來來去去。若不是我手上還握著球棒，大概會以為剛剛的經歷只是白日夢。

死鬼放開了我，我也鬆開因為過度用力而僵硬的手，手心中沁滿了汗。

剛歷經驚險時刻，我心有餘悸但仍不禁沾沾自喜。「那傢伙真是鬼差嗎？本以為他被我們揍得鼻青臉腫、下巴都歪了，至少應該會把我們全部拖下去才甘願，結果竟然放了個屁就跑了。」

「他們只能帶走應去報到的魂魄，而且陰間禁止鬼差傷害活人，否則也是要受罰的。」死鬼解釋，「只是鬼差這次沒能帶走我，不知他要怎麼交差。」

「管他的，頂多扣扣他薪水罷了。反正他回去問也會知道搞錯人了。」

我長呼出一口氣，赫然想起了蟲哥，連忙爬起來去看他。我走到床邊，見到蟲哥和賤狗都躺在地上，看來是被砸暈了。

我用力地搖晃他的肩膀，在他耳邊大叫：「起床了！」

蟲哥暈得很徹底，眼皮動也沒動一下，我叫了半天都沒醒，甚至連賤狗也沒起來，雖然牠是睡著就叫不醒，但現在可不是睡覺的時候。

死鬼察覺事情不對勁，過來查看他們的情況。

死鬼翻翻賤狗的眼皮，量了蟲哥的脈搏，推敲了一下之後，嚴肅道：「他們完全失去意識了。」

「廢話，這我也看得出來。」

「我的意思是，似乎連魂魄都不在了。」

什麼？我照著死鬼的動作檢查了一下，用力地掐著蟲哥手臂，使盡吃奶力氣扭轉，蟲哥兀自躺在地上毫無反應。

「怎、怎麼會……難道是他們相撞時靈魂出竅了嗎？」我想起之前的真實經歷。

「不，他們跌倒時，我還看到他們有自主性的動作。」死鬼沉吟道：「剛才我就在想，鬼差沒抓到人如何回去交差，現在真相大白了。」

對於死鬼的結論我思考了很久，腦子裡轟地一炸，終於搞清楚了。

「你是說，那個白痴鬼差……把他們帶走了？」

死鬼點點頭：「他應該是抓錯了，畢竟剛剛場面混亂，什麼都看不清楚。而鬼差勾到魂魄就以為抓到了，沒想到是……」

我趕緊叫了醫生過來，當他們看到病房裡我這個病人活蹦亂跳，而地上卻多了昏死的人和狗，想當然耳反應一定不是太平淡，我只好將事情全部推給沒有意識的蟲哥，說賤狗是他帶來的，我只是出去一下回來就這樣了。

蟲哥和賤狗都移到了另一間病房，靠著儀器維持他們的身體機能。至於賤狗能繼續待在醫院裡，是死鬼威脅我靠老爸的財力讓牠留下。

「這樣沒問題嗎？會不會有其他孤魂野鬼意圖占據蟲哥的身體作怪啊？」我擔心地問。至於賤狗就沒有這個困擾了，會有鬼魂想進牠身體才奇怪，看鏡子都把自己嚇死了。

死鬼沉思一會，道：「那繩子……它的功能應該是種阻隔效果，將鬼魂隔離在另一邊。我記得那時被綁著，靈魂就不能脫出身體，那麼，應該也無法進去。」

我衝回病房，馬上做了實驗——果然如死鬼所說，綁上那條繩子，連我都無法進入自己的身體。

我剪了段繩子，抽出幾股緊緊搓成一條細帶子綁在蟲哥手腕上，只希望這繩子能堅持到他靈魂回歸。

「怎麼辦啊，死鬼？要坐著等他們回來嗎？」我煩惱問道，「賤狗無所謂，不過蟲哥要是就這樣走了，我死也沒辦法贖罪了。」

「先等等吧，我想發現誤會之後，應該會立即將他們送回來。」

PHANTOM

Chapter 2

去陰間吧

AGENT

這一等，等了三天。

「也太久了吧！到底發生了什麼事啊？」我焦慮地說。

在醫院的這幾天，我寢食難安……不是因為蟲哥，而是我已經受不了那些晚上就把醫院當遊樂場的鬼魂！這一帶簡直變成鬼窟了，晚上出門，滿街鬼魂橫行，數量多到令人咋舌。

「其中不少都是最近死亡的人，可是卻遲遲沒有鬼差領他們去陰間……」

「一定是因為那個馬臉鬼差，做錯事不敢出面，所以才讓這些應該是他要負責的好兄弟滯留在陽間！」我肯定地說道。

「這樣呆坐著也不是辦法，說不定我們在談話的同時他們已經準備投胎了。」死鬼思索道，「我想，有必要下去看看。」

「我也去！」我馬上舉手，「畢竟是我害蟲哥捲入這種無妄之災的，我有義務去救他！」

「你不是怕鬼？」他挑眉問。

「鬼之所以可怕是因為出現在都是人的地方，如果在陰間那種本來就只有鬼的地方，那有什麼好怕？鬼可以對人作祟，倒還沒聽過對鬼作祟的。」我分析道。

「這什麼歪理？你只是想湊熱鬧吧？」

被他說中了，我挺起胸膛說：「怎麼會，蟲哥是我的朋友，就算上刀山下火海我也應該去救他的，不是嗎？」

「你可要想清楚，到時可真是上刀山下油鍋了。」死鬼冷笑。

總覺得有些怪怪的，我提出質疑：「我又沒做錯什麼，你是不是唬爛想騙我留在這裡？」

他聳聳肩：「我不在乎你去不去，只是怕你礙事。」

我怒火中燒，大聲道：「既然你這麼說，那我更要去了。」

死鬼做了個手勢，「請便。不過你知道怎麼去？」

這下子就來到事情核心了。我一心想著要去玩……不，是去救蟲哥，沒想過該如何下去。死鬼也就罷了，我活生生的人應該無法隨便出入。

「那我們要坐以待斃嗎？」我悲憤交加地說，「他們說不定正在十八層地獄受苦受難，尤其是你的好搭檔賤狗，牠作惡多端，一定會很慘的！帶我去有個照應也好，我保證會乖乖聽你的話！」

他皺眉看了我半天，我知道他一定是被賤狗釣到了，不由得心中暗爽，不過還是裝作為了賤狗的生死未卜而憂心忡忡的樣子。

他嘆氣道：「好吧，我想我應該有足夠能力保護你。只是，我不確定要如何帶你下去，看來還是只能靠金錢的力量了。」

我奇怪道：「你該不會是叫我多燒點紙錢，看看有沒有利欲薰心的鬼差要來扛下這差事吧？」

死鬼狡黠一笑：「答對了。」

隔天，晚間將近十一點時。

「喂，你不是說要燒紙錢嗎？」我揮舞著手上輕薄不占空間的紙張問道。

「燒大量的紙錢汙染空氣？你放心，現在冥界比你想像的要便利多了，支票或是商業本票都可以兌換。」死鬼雲淡風輕地說。

「可是這是我老爹的支票帳戶，他們要怎麼提領？用啥名義？」我對於他的話抱持著懷疑態度。

「他們有互通陰陽兩界的專業銀行處理，專門提供不同世界的跨行提領。」

「那我到時去查帳戶明細，提領人會寫黑白無常嗎？有夠恐怖的！」

死鬼看了看天空道：「時間到了。現在是陰氣最盛的丑時，召喚另一個世界的人是最好的時機。」

我們現在正站在醫院中庭，冷風颼颼，天空中烏雲湧動，完全遮住了月光。我掏出打火機點了炷香，隨便拜了一下之後插在地上，用香開始燒手中的支票。

「拜託快顯靈吧，別看這張支票一吹就飛了，上面的數字可是會壓得你喘不過氣來，我把積蓄全部丟下去了，還挪用了我老爹要幫女人買卡地亞的基金，被發現我一定會被打斷腿。要是燒完了還沒人出現，我就提光戶頭的錢，跳你的票！」我邊燒邊喃喃道。

死鬼似笑非笑道：「你不是說用你父親的錢就夠了？」

我不理會他，繼續說道：「我用自己的錢以表虔誠。反正都是錢，是誰的錢無所謂。死鬼也沒出錢，他的話你就當沒聽到好了。」

我非常誠心地祈求，看著手中支票一點一點變成灰燼。等最後的灰也隨風飛逝，中庭裡還是只有我和死鬼兩個人。

「靠！」我憤怒地踩爛插在地上的香，「難道這些還不夠嗎?!這些鬼差一定是想獅子大開口！我警告你們，老子沒錢了！」

死鬼的聲音傳來，聽起來相當縹緲虛幻，「不是為了以防萬一，還寫了另一張支票嗎？不要吝嗇，燒了吧。」

我發著抖掏出那張被我捏得皺巴巴的支票，上面的金額就是我全部的財產。忍痛看了很久，我大吼一聲：「算了！燒就燒！」一咬牙磨了一下打火機，燃燒支票的火勢猛烈，沒幾秒鐘就燒得乾乾淨淨，一點渣也沒留下。

我沮喪地倒在地上，那麼多錢竟然只夠燒幾秒鐘……「快！我們快去銀行！我要把支票作廢！」

「噓。」死鬼拉住我的手臂，一把將我拖起。

我剛坐著的地上，有一坨像被踩過的狗屎般的汙漬。我慌張查看褲子是否沾到髒東西，正努力瞧我的屁股時，地上的痕跡頓時擴散了。

地面上彷彿有個擴大的黑洞，將空氣迴旋著往中心掠去，像是要把人都吸進去般。霎時風雲變色，天際傳來幾聲響雷。黑洞中心有個物體慢慢浮起，渾身裹著黑色黏液，黏黏滑滑的相當噁心。

那東西持續地浮出，越拔越高，然後停止。

我屏氣凝神等著鬼差從中現身，不過他佇立許久，一動也沒動。雖然死鬼很有耐心地等著他開口，不過我實在等不下去，就要問話時，那坨黏液有了動作。我嚇了一跳，後退幾步。

黏液慢慢伸出一隻勉強能稱之為手的「分枝」，黏著兩張很熟悉的東西。

他的聲音就像是從身體深處發出一樣……因為我看不到他的嘴。

他含糊不清說：「這兩張……不是芭樂票吧？」

兩張支票在他手上，被風吹得啪啪作響。

死鬼冷靜地說：「當然不是，我們有事相求，希望你幫忙。」

那人將支票湊近眼前——根據我的判斷，那位置大概是眼睛——仔細地瞧了半天，然後那些黏液就像有自我意識般將兩張支票「吸」了進去。那人道：「什麼事？」

我往前一步，以不容分說的氣勢說：「等等，在這之前我有事情要向你確認！」

那人相當緩慢地說：「請便。」

「我問你，幹嘛要躲躲藏藏不敢以真面目示人？」我氣勢凌人地說，「我不跟沒見過面的人做生意。」

那人沒說話，只是站著沒動。風呼嘯吹過，我開始有點擔心他能不能保持黏液的濕潤度。

「看夠了？」那人忽地冒出一句。

「什麼看夠？」

「你可以確定我的相貌了吧？」他不耐煩地說。

死鬼撫著額頭，連話都懶得說。

「你的意思是，這坨爛泥巴不是你的偽裝，而是本尊？」

「是。」他簡短地回答。

死鬼抓住我的衣領將我往後丟，向爛泥型鬼差道：「我們的要求是希望你能帶我們到冥界去。」

鬼差打量了我們一會兒——雖然我不知道他的五官在哪——指著我道：「這個小孩子也是？」

「是的。他能夠自由控制靈魂出竅，因此就這點來說是沒問題的。」

鬼差身上的爛泥緩慢往地上流動，我連忙後退省得沾到鞋子。「我可以帶你們下去，但回程我不管。」

「我自有方法。」死鬼道。

我突然想起個嚴重的問題，拉著他小聲道：「死鬼，我的靈魂不可以離開身體太遠耶。」

「這無所謂。所謂陰間，其實概念近似另一個次元，也可以說陰間和人間沒有相距多遠的問題。」

「……啥？」

鬼差沒等死鬼解釋，說道：「那麼，走吧。已將近寅時，逾期不候。」

靠！時辰快過了還不是因為他慢吞吞的才來！

我心不甘情不願地扯開喉嚨大喊：「救命啊！這裡要死人啦——！」

我的叫聲響徹雲霄，不一會兒，聽得到四周開始有了聲音。急診室門打開了，幾個人匆忙地跑出來。我閉上眼睛幾秒鐘再睜開，看到我的身體軟軟地往前倒下去。我已經成功脫出身體了。

鑒於之前被那繩子整得很慘，死鬼戴著手套，將預備好的繩子綁在我的手腳上，防止我不在家的期間其他鬼魂鳩占鵲巢。

綁完後，死鬼迅速將手套摘掉扔出去，省得趕來的人看見空中飛舞的一雙手。

醫護人員手忙腳亂地進行緊急治療，至少我可以不用擔心身體會死去。

鬼差說：「你們站到我的旁邊來。」

「你是說那個爛泥洞？」我噁心道。

死鬼扯著我站到了黑色漩渦的範圍內，很神奇的是絲毫沒有踩在泥濘中的感覺，腳下就像一般地面。

「死鬼，鬼差都長得像這樣奇形怪狀的嗎？我只見過牛頭馬面和這爛泥人，你見過的應該比我多吧？」我悄悄問他。

「他們的外表不重要，我的確見過很多以不同型態存在的鬼差，似乎也有不同的專業分工。」死鬼解釋。

「酷耶！像神奇寶貝那樣嗎？真期待能見到比這爛泥還醜的傢伙！」我興奮道。

我的雀躍之情在三秒後就消失無蹤了。我們站定之後，腳下的黑洞突然伸出一堆觸手，扭曲著不斷伸長，並向中心的我們包圍過來。

「F*ck！哪有這麼噁心的啊！」我慘叫著往死鬼身邊擠，濕冷黏稠的觸感真是讓人渾身發麻。

死鬼也皺起眉頭，我就知道他不能忍受這種東西。不過他並沒說什麼，任由那些觸手將我們全身包起。我們漸漸地往下沉，沉入黑色的黏稠深淵……

隱約中，好像有隻蟲子停在我臉上。我不耐煩地伸手揮開，那蟲子卻又飛了回來，甚至可以感覺到牠在吸血，刺得我都覺得痛，看來是隻大蚊子。

察覺到溫熱的液體順著臉頰流下來，我勉強將眼皮睜開條縫，想看清楚是什麼樣的蟲子。映入眼簾的是個閃著銀光的東西，順著看過去，讓我越發驚愕……

哪來的蟲子，這根本是一支沉甸甸、快刺穿我的腦袋的槍頭！

我呈大字形躺在地上，拿著槍抵著我的人，身穿盔甲，精緻的銀色甲片串成一件，雕花頭盔幾乎罩住了整張臉，手持繫著紅穗的槍，看起來極有氣勢。

見到我醒了，他頭盔下凌厲的雙眼一瞪，喝道：「說！閣下莫不是間諜?!」

肖欸！這傢伙大概是所謂的古裝迷吧？不過我感覺得出來那支槍頭很有分量，嘴上應承道：「什麼間諜啊？當然不是。」

「拿出證據！閣下頸子所繫何物？」

我將衣領裡的東西拉了出來，那是老爸給我的據說是清朝古董的犀角護身符。

那人端詳了一下，將之丟還給我，然後將槍收了回去。

見他沒什麼動作，我才敢動動手腳。媽呀，全身痠痛，好像被大象踩過一樣，骨架都散了。隨便抹抹臉頰，將血跡擦乾淨，我吃力地撐起身體。

周圍一片黑暗，彷若連光線都能吸收，伸手不見五指……咦？我看得到自己的腳，看得到那個盔甲男，但這裡沒有光源，像是我和那個盔甲男自身發光似地詭異無比。

我這時才赫然想起，死鬼到哪去了？我們應該是跟著那黏液要去陰間……

「這裡是哪裡？」我坐在地上問道。「你這傢伙又是甚麼人啊？」

那男人眺望著遠方，銀袍長槍，頭盔上的紅穗飄揚……沒有風怎麼會飄？

「兩軍交戰之處，閣下不該來此。」他依舊看著遠方，雖然不管我怎麼看，都只有一片烏漆抹黑。

「所以我才問這是哪裡啊！」我吼道。

「閣下迷路了？猿猴類報到處並非這裡。」他嚴肅地說。

「你是故意的嗎！」我咬牙切齒說。

「在下已耽擱許久，恕不奉陪。」他牛頭不對馬嘴地道說。

「快滾！跟你說話浪費老子時間，你要走就快走，別留在這礙事！」有夠衰小，遇到個神經病！

那人轉身，背影英姿颯爽，有股英雄出征時的意氣風發和熱血沸騰。

我站起身環顧，這才發現事情大條，周圍什麼都沒有，糊成了一片黑暗，和平常的空間很不一樣。

我腦袋裡飛快地閃過幾個念頭。剛剛那個人有些怪怪的，但跟著他還是比較保險。

我一抬頭，對方的背影已經遠到剩一個小點了。我拔足追了上去，不管如何，他是我唯一的希望。

停在那人後方幾步的位置，我跟著他走路的節奏，問道：「這裡有其他人在嗎？你有沒有看到一個穿西裝的高大男人？他長得像個斯文敗類，擺張臭臉，一副自以為了不起的樣子，你有看見這樣的人嗎？還是一個長得像一坨泥巴的傢伙？」

無論我如何問話，那人還是自顧自地走，嘴巴裡念念有詞，就是不回我話。我只好自力救濟，邊走邊叫說：「死鬼，你在哪？你這孤魂野鬼死哪去了？」

發出的聲音聽不到任何迴響，也沒有傳出去，就像是被周圍吸收了一樣。這個空間彷彿就是無止境的黑暗。這樣走下去也讓我害怕起來，如果永遠走不出去怎麼辦？

「喂！到底要走到什麼時候？」我跑上前拉住那人，「你該不會在這很久了吧？」

盔甲男猛地將手一揮，把我推倒在地上，然後手中的鐵槍也跟著指了過來。

「閣下何人！莫非是間諜?!」盔甲男凶惡問道。

我氣急敗壞地說：「就跟你說不是了！」

那人睨著我，顯然不相信我的話，我只好再拉出他剛剛確認過的護身符。

這個髒得發綠、上面刻著六字真言的犀角護身符大概有什麼神奇的力量，那人看到後，就把槍收了回去，道：「兩軍交戰在即，閣下當盡快離開才是。」

「所以我才要問你怎麼離開啊，這種鬼地方我一刻都不想多待！」

「閣下不知從何離開？然閣下如何進來？」

「鬼才知道啦！別閣下閣下的，煩死了！」我不滿大吼，「我明明是跟朋友和一個爛泥鬼差同時要下去陰間，結果醒來後就只看到你這個瘋……咳，就只看到你。」

「莫非分發途中出了差錯？」那人思忖著。「報到途中當經過濾分類裝置，閣下之所以流落此處，或許乃機器辨識誤差。」

我暴跳如雷：「什麼鳥機器?!什麼叫辨識誤差，你是指分不清老子是人還是猴子嗎？」

「非也。誤差乃指當死未死、不當死而死矣、身死而未報到，以及身未死卻遭押送之區別。」他講得相當清晰，完全沒有吃螺絲。

「……算了。你知道怎麼走出這裡嗎？」

那人點頭，高高舉起手中長槍，往我頭上就劈了下來！我坐在地上，對這突如其來的攻擊完全無法抵擋，只能下意識抱住頭。

不過預計的疼痛遲遲沒到來，我抬眼瞄了一下，那人一派氣定神閒地站著，完全看不出來他剛剛突然想殺了我，還是他心血來潮又不想殺了？

我慢慢放下手臂，這才發現我和他之間的空間中，硬生生多了一條透出白光裂縫，就像這空間破了個洞一樣。那人輕鬆地撐開裂縫，微微彎腰跨進去。他提著鐵槍，半個身體已經陷入裂縫裡了。

「閣下當盡快，出口即將關閉。」說完，他便消失在白光中。

我目瞪口呆，不知該如何是好。這裡只剩下我和那條空間裂縫，也不知道另一邊是什麼東西，是否該相信他？

倏地，那人的頭又從裂縫裡冒出來，嚇得我差點都漏尿了。

「閣下宜加快動作。上回一遊魂如閣下一般慢條斯理，致使身體已出，然一條腿留待其中……」

我恐懼地發現那裂縫還真的越縮越小了。算了，死就死吧！我一咬牙跳進裂縫裡。

剎那間，身體急速下墜，刺眼的白光充斥身旁……

砰！

還來不及叫，結果馬上就著地了，我跌了個狗吃屎，臉著地弄得滿嘴泥。這裡相當明亮，我剛從黑暗出來無法適應，只能伸手去擋。驀地，一團影子過來遮住了光線。

「嗚呼哀哉！」盔甲男誇張的悲嘆聲從上方傳來，充滿了惋惜。「事已至此，多說無益。是謂塞翁失馬、焉知非福，閣下縱使失去一條尾巴……」

「你哪隻眼睛看到老子有尾巴！」

我一口氣跳起來，想衝過去賞這傢伙一頓飽拳，但景色吸引了我的注意。看來我終於來到像樣的地方了。

我處在一片廣大開闊的地方，四周一片荒蕪，只有看不到邊際的草地，天色有些昏暗。

「這裡是陰間？」我狐疑問道。

那人點點頭，轉身就走。

我連忙跟了上去：「你確定嗎？這裡不是S市郊區？我看剛剛那裡還比較像陰間，陰間不都是黑漆漆一片，一堆小鬼獄卒折磨前世犯下過錯的人，或是閻羅王審判亡魂？」

「此處乃陰間邊境，閣下所指乃為市中心之景。」

「這當然。」我點頭稱是，「我要怎麼找人？我和朋友失散了。」

「閣下可是前來尋找相好的？在下以為這年頭已無人行殉情之事。」

「男的啦！」

他若有所思地瞄了我一眼。「人各有所好——」

我握拳罵道：「不要曲解別人的意思！我們委託了一個鬼差帶我們下來，是要找其他被誤會帶來的朋友。」

「故閣下偕友一同殉情就為尋生前相好？」他皺眉道。在我把拳頭捏得喀喀作響時才又說：「若欲尋人，可至戶政事務所詢問。尋常人等下來陰間後皆去那處報到。然而閣下與朋友似乎以賄賂鬼差之法才得以下來，如此，實無法確定他所在何處。」

「戶政事務所？」

「為因應時代潮流，陰間亦大舉改革，望能更加親民以提升業績和效率。」

……陰間就算再親民也不會有人想來的，提升個屁！

「相逢便是有緣，在下願領閣下去見識見識。」那人有義氣地說著。

「拜託，我才不想見識。你快點帶我到有人的地方就行了，剩下的我自己來。」

他似乎沒聽到，我也只好跟在他後面，反正等一下我自己看著辦，找到其他人時就跟這傢伙分道揚鑣。

這傢伙穿著沉重的盔甲，還拿著光看就知道不輕的長槍，卻健步如飛。我跟在後面小跑步才能追得上他，跑得氣喘吁吁。

他走到一半停了下來，回頭看著天際道：「約莫快下雨了，聽聞遠處似有雷聲。」

我沒好氣說道：「不是打雷，是老子的肚子在叫。」本以為靈魂體不會有飢餓或是疼痛等感覺，但我現在知道了，因為我的肚子叫得震天價響。

「閣下實乃高人。」那人由衷讚道。

我連句「高你老母」都懶得罵了。

不久，我看到了地平線有些陰影。

靠近才發現那是密密麻麻的人聚集在草地上，看起來約有上百號人，人人金戈鐵馬，人陣裡旗幟飛揚、鼙鼓雷鳴，有種山雨欲來風滿樓的氣勢。

我心下暗嘆，難道陰間的人興趣是戰爭遊戲嗎？

盔甲男邁開大步向前走，遠方的其他人看到他便大聲招呼。

媽呀，這裡就是牛鬼蛇神大集合嘛！一堆長得奇形怪狀的人，牛頭馬面還是最普通的樣子，還有豬頭、鼠頭、狗頭等頂著動物頭的人，更有長著人頭、下半身卻是四隻蹄子著地的人，看來他們大概都是鬼差之流。

「感謝你帶我來這裡，不好意思再耽擱你的時間，我們後會無期。」我急欲擺脫這傢伙，迫不及待地道別。

這時其他人才注意我在他身後，問道：「這是誰？您在路上撿來的遊魂嗎？」

盔甲男瞥了我一眼，突然目露凶光大吼：「閣下何人？竟跟蹤我來，莫非是間諜?!」

他這一大吼，所有人都瞪視著我，幾支槍頭迅速伸來將我團團包圍，氣氛肅殺。

「哇靠，你這傢伙玩不膩啊?!」我破口大罵，「就說了我不是間諜！你剛剛不是才把我從那黑漆漆的地方帶出來了嗎？」

盔甲男露出疑惑的神情，似乎在回想什麼。

這時，在我背後的其中一人突然大喝：「快看！」

他在我背後蹲下，伸手拉出我繫皮夾的鍊子，指著鍊子大喊：「他果然是間諜！」

鍊子上有個小十字架，在空中晃來晃去。

盔甲男臉色一凜，揮手道：「帶下去！」

幾個人上來粗魯地架住我，將我往旁邊帶。我邊掙扎邊大罵，但他們無動於衷。

我被拉拉扯扯地丟進一個帳篷裡，留了兩個人在門口看守。

真是莫名其妙，無緣無故被當成犯人看待……至少也要給戰俘吃飯吧？我席地而坐，思考著下一步。老實說我很懷疑這裡是陰間，倒不如說是跑到哪個未知的時空。

不曉得死鬼在幹嘛，要是他也被當作間諜抓起起來那就好笑了，不過我想他現在應該在找我吧……不，應該是在想辦法救賤狗，然後才會順便來找我。

死鬼大概有辦法跟這些傢伙溝通，還我清白，但從剛剛的情況來看，這些人都非常亢奮，處於不分青紅皂白的狀態，無論如何，我得想辦法先逃出去再說。

我環顧四周，這帳篷像是電視劇裡古代軍隊駐紮時用的東西，材質類似某種動物皮，非常堅韌。我本來還妄想可以像電視上一樣一撕就碎，看來是不太可能，只好從口袋拿出鑰匙，想辦法用尖銳的部分將皮刮破。

刮到一半，門口突然有了動靜。我趕緊將鑰匙收好，躺在地上假寐。

一人掀開帳篷簾子走了進來，我睜開眼睛，表現出一個俘虜應有的樣子——由下往上一百三十五度角、憤恨地瞪著他，心裡已經想好下一句要說「你就算殺了我也得不到任何情報的」。

「不好意思。」那人道歉。

「呃……沒關係？」

那人身著古代官服——以我貧乏的知識只能判斷出是古代，無法細分朝代——看起來約五十來歲，加上兩撇鬍子，十足的大官樣子，不過他的態度和善，有些溫吞，倒是和外表不太搭。

既然他看起來是個軟柿子，我就毫不客氣地問了。

「這到底是怎麼回事？明明是那個穿盔甲的傢伙把我救出來的，結果竟然又翻臉不認帳，那傢伙是不是腦袋有毛病？」我將怨氣一古腦發洩出來。

「唉。」他嘆了口氣，「那位是掌管生死簿的判官，其實他人很好……」

「等一下。」我打斷他，「你說那傢伙是判官？是地獄裡的那個判官嗎？」

那人奇怪道：「是。你不知道自己所在何處？」

我撫著額頭道：「我大概有個底，只是懷疑的成分居多。」

「那我來為你正式介紹。」那人清清喉嚨，「這裡是陰間，萬物死亡後都應回歸、等待審判、準備下一世輪迴的地方。」

「噢。」我有氣無力地回答。如果是想像中的陰森的衙門裡，長得凶神惡煞的黑臉判官坐在高堂上，一項項清點出生前的罪名，我還會比較激動……

「跟你想像中不一樣對吧？」他笑道，「一般人間所見的繪卷，其實有其真實性存在，不過那是嚇唬人用的，死後來陰間都是去那些地方報到。不過我們生活在這裡，要待在陰暗的房間裡，精神壓力也會很大，其實陰間算是個生活機能充足的地方。」

是啊，工作做完還可以攜手出來踏青咧……

「那麼，你是鬼差嗎？」我問。

他整整官服，扶正頭上的帽子，似乎很了不起地說：「看我的服裝你應該就要知道了吧？這可是判官的正式制服。我隸屬於十殿閻王中第五殿閻羅王，四大判官之一——賞善司。」

「噢。」我打個哈欠，「那可以確定死後不會遇到你了，因為我從來沒做過好事。」

見我的反應平淡，判官大叔似乎有些失望，但他也沒說什麼。我想他一定是被忽視習慣了，長了張平凡臉，個性也不起眼，一整個路人。

「那你們現在在幹嘛？戰爭也是陰間的例行事務嗎？」

「這說來話長，總之陰間最近也不甚太平，你正好又在這時間來，所以沒有查明你的身分就直接先關起來再說，我向你道歉。」判官大叔鞠躬，「請你務必要體諒，陰間的娛樂很少，每天的開戰時刻就成了鬼差們唯一的樂趣。」

「……」

「哈哈。」大叔苦笑，「至於崔判官——就是穿盔甲那位——他有一點無傷大雅的小毛病。」

「變裝癖？翻臉比翻書快？」

「他——」判官大叔欲言又止，「崔判官有嚴重的健忘症。」

我冷哼一聲，這我絕對不懷疑。

「除非是工作接觸的東西，否則他幾乎記不起任何事。五分鐘前說過的話、看過的東西他都會馬上忘記。不過他本人不曉得這件事，畢竟就算跟他說清楚之後他也會馬上忘記，說了也沒用。他這毛病大家都知道，只是現下情況特殊，一時間忘記查證，所以才將你當成間諜。」

他拿出件袍子給我，「換上這個，把身上其他東西給丟了。」

「給我衣服幹嘛？又不能吃。」我抱怨道。

我沒脫衣服，把那件像壽衣的袍子罩在外面。判官大叔帶著我出帳篷，而看守的人早不知道跑哪去了。

所有人依然拿著武器揮舞叫囂，隔著中間的廣大空地，遠遠的是另外一群人，兩邊互相對峙。我瞇著眼睛看了個仔細，才發現對面那些人的服裝好像不太一樣。

他們穿著鎖子甲，胸前肩上別著十字徽章，飄揚的旗幟上畫了十字架，看起來就像電動裡的十字軍。我終於知道為什麼他們看到我的腰鍊就認定我是間諜了。

「你們該不會是因為宗教因素才開戰的吧？」我斜眼問。

「該怎麼說呢，兩邊互看不順眼是必然的，畢竟信仰有衝突。而且最近又發生了些不尋常的事，造成情勢升溫……」判官大叔搖頭道。

「不過，為什麼那些人也在這裡？他們不是應該在所謂的天堂或地獄裡嗎？」

「其實，陰間和西方的天堂地獄是同樣的概念，都是人死後應去的地方，只是平常楚河漢界，劃分得十分清楚，一般人不會察覺到兩方並無太大距離。」

我聽了聽他們的戰前叫陣，都是些沒營養的內容，罵到最後就開始譙髒話問候別人的媽媽或祖宗，比小學生吵架還不如。

對面那方應該也差不多，雖然他們用英文叫罵我聽不懂，但最後也開始了「you suck」或「god damn you」等髒話，兩邊的水準都差不多。

叫罵聲漸漸停歇，擂鼓聲逐漸大了起來。應該是要正式開戰了，每個人都握緊了手中武器、摩拳擦掌的樣子。

「我要不要先迴避一下？」我問。我可不想被捲入血流成河的戰爭當中。

判官大叔沒回我，一臉凝重地注視著前方。好吧，我想這時才逃應該也來不及了。

鼓聲赫然停止，那個穿盔甲的崔判官威風凜凜站到一輛戰車上，大喝一聲：「諸將聽令！」

所有人立定踏步，腳步聲整齊劃一，撼動了廣大的草原。

他們大吼，雄壯威武的聲音響徹天際，長槍頭發出刺眼的光。

我屏息等待壯烈的戰爭開幕，冷冽的風吹起滾滾黃沙，所有人動也不動，等待開戰的號角響起。

崔判官環視戰場，確定所有人都蓄勢待發。他深吸了一口氣，大吼：「敵人來犯！望陰間子民同仇敵愾、奮勇殺敵，保我萬里河山不失！」

眾人看起來鬥志高昂，齊聲喝道：「殺！」

崔判官表情肅穆，廣場上一時間竟然鴉雀無聲，靜得連我肚子叫都聽得一清二楚。他冰冷的目光如雷電般掃視而過，開口道：「凱旋！」

一聲令下，所有人齊聲歡呼，或舉起手中長刀在空中揮舞，或以槍戟頓地，彷若沙場血戰之後取得勝利。

接著，原本勇赴戰場、視死如歸的氣勢就完全走調了。

在我的疑惑中，大家紛紛收拾東西，七嘴八舌討論「等一下去喝酒」或「我上次的客戶超級摳門的」云云；就連對面的十字軍也準備打道回府，剛剛的針鋒相對已不復存在。

我傻眼。半晌後才問道：「結束了？」

「是啊，這只是每天的例行訓練，象徵性的對抗。反正打也打不死，當然不會真的打起來。」判官大叔理所當然地說。

「所以雙方交戰只是打嘴砲？」

「這也是健康的發洩方式，畢竟工作環境不算好，總是要有些娛樂。」

他說得頭頭是道，我只後悔自己竟一度被他們的軍容感動到了。

崔判官從戰車跳下來，左看右看之後竟朝我走了過來。他問判官大叔道：「賞善司，此乃何人？」

我趕緊扯起外袍試圖遮住臉。這崔判官今天已經問我的身分上百次了。

「這是新來的鬼差，第一天上班。」判官大叔泰然自若地回答。

崔判官點點頭：「看上去不甚精明，工作時切記不可偷懶摸魚。」

……靠！我咬牙道：「您還真是不長記性啊，忘了我們之前見過嗎？」

崔判官皺眉道：「本官倒是無印象。莫非在畜生圈養處見過？」

我一用力扯裂了衣襬，判官大叔連忙說：「我帶新人去看看環境，崔判你就先回去吧。」

崔判官伸手阻止了大叔，拿下頭盔道：「賞善司今日應有要事與御前商議。本官恰逢今日得閒，願效微薄之力。」

這時我才看到崔判官的真面目，面貌還很年輕，看起來三十歲上下，雙眼有些憂鬱，活脫脫就是個帥哥，在這裡滿地牛頭馬面中有種出淤泥而不染的味道，相當刺眼。他要是和死鬼站在一起，兩人大概可以算平分秋色。

我握緊了拳頭，又是個介於所謂小鮮肉（什麼狗屎說法！）和男神之間的通吃類型，就是這種人把美眉和熟女都把走了！

大叔沒注意到我眼神火熱地瞪著崔判官，附在我耳邊悄悄說：「既然崔判官說要親自帶你，我也沒辦法再幫你了。你注意，要不斷跟他說話，別讓他思考停止超過三分鐘，否則他就會忘記做過什麼事了。按理說工作上的事他不會忘記，但多花點心思也不會吃虧。總而言之，你也不想再被當成間諜或是遊魂吧？」

大叔警告般地加重語氣：「現在狀況特殊，沒辦法查證你的身分，以崔判官的能力可以直接送你去投胎的。不過你也不需要太擔心，別看崔判官不苟言笑、很難親近的樣子，其實他很喜歡動物……」

我比了個中指，便丟下大叔趕緊跟上崔判官。

「你可知身為鬼差應備之特質？」崔判官問道。

他走得很快，我只能小跑步跟上。

「呃……貪汙收賄不能被查到？」這應該不是標準答案。

「非也。」崔判官搖頭，「鬼差特質千千百百，尤以震懾四方之外貌為重。鬼魂見你便腿軟打顫、跪地求饒，自當束手就擒。」

這我倒是能理解，剛剛那堆鬼差聚在一起比怪奇馬戲團還恐怖，每一個都高大威武，配上不怒自威的臉，若非我經驗豐富，一定會嚇死。

「你體魄威猛不足、氣勢虛軟無力，怎堪引渡亡魂之重責大任？倒是不知何人錄取你。」崔判官嘆氣道。

雖然我不清楚陰間的考試或面試制度，不過八成也脫不了走後門、賄賂主考官這一套。

「既接下鬼差之職，望你盡忠職守、鞠躬盡瘁。爾後本官將安排經驗豐富之鬼差與你搭檔——」

終於聽到重點了！

我問：「能不能自己選擇搭檔？我之前見過一位馬臉鬼差，講話口音很重，他應該是負責我住的S市的業務。如果可以我想跟他見一面。」

崔判官眉頭微蹙。「你尚在實習階段，無法選擇搭檔。」

嘖！我不死心，只好從其他角度切入。「那麼，我還想知道，會不會有抓錯人的情況發生？例如說，抓到陽壽未盡的活人……」

「這也不無可能。若此情形發生，須立即上報並將誤抓之人送回陽間。只是此乃無可饒恕之過，所犯情節輕者削官減俸，重者褫奪神職、打入輪迴。」

那馬臉一定有問題，蟲哥和賤狗躺了幾天都沒回來，肯定是想得過且過。

正當我想著蟲哥和賤狗會有什麼悲慘下場時，一個突兀的聲音出現。這種電子音平時很稀鬆平常，但不應該出現在陰間的。

我看向聲音來源，崔判官從懷裡掏出一支大聲作響的智慧型手機，由機身造型看來是水果牌的6s型。

「失陪一下。」

崔判官轉過頭去講話，所以我能確定那真是手機。沒想到陰間如此科技化，所以「鬼來電」或許真有其事。

崔判官很快地掛了電話，對我道：「本官必須回去覆命。你且跟來，本官尋其他人領你。」

一說完，他人已經在幾公尺開外，而且正以非常人速度移動中，快到我看不清楚他是用飄的還是用跑的。

靠！這種速度……「喂！你等等我！」

已經變成地平線上一個小點的人影又清晰起來。崔判官飄回來，略微不耐地道：「你遲鈍又不靈光，若實習後還未改進，本官便調你去當猴子的引路人。」

我還來不及反駁，崔判官揪住我的後領，一提氣就如箭離弦般衝出。

瞬間，景物都糊成一片。我像隻小雞一樣被他拎著跑，甚至腳都無法著地，實在有損我男子氣概。一開口，強風就灌進我嘴裡，根本無法說話。臉皮被風吹得不住抖動，我暗自慶幸自己年輕，膠原蛋白很足，否則一趟下來，臉皮都要鬆弛了。

半晌後，前方就出現了建築物群的輪廓。

崔判官慢下腳步，拎著被搞得七葷八素的我問道：「閣下何人？」

我被他提在半空中，眼睛乾澀得睜不開，只能忍著一肚子火跟他解釋我是新來的鬼差。

崔判官挑挑眉毛道：「似乎有些印象。」

……我一點也不驚訝。

在我們說話的同時，兩邊的景色已經不知不覺變了一個樣子，到處聳立著建築物，有的是廟宇形狀，大小僅能容一人出入，也有的竟然就是一具具的棺材，還有紙紮的房子在風中搖搖欲墜……

雖然不記得我了，但崔判官依然盡了些自己的責任解釋。

「此處乃眾鬼差之住所。住宅品質取決於辦事效率，若能盡心盡力指引亡魂到陰間，家屬就會提供可觀報酬以示感激。故有人能住富麗堂皇的廟宇或棺材，有人只能住紙糊房子。至於實習期間採集中管理，一律住宿舍。」

……難怪鬼差都死愛錢，想盡辦法撈油水。

「前方便是陰間中心——酆都，十殿閻王與十八層地獄之所在。」

越往中心靠近，就越能感受到讓人喘不過氣的壓迫感，一棟棟高聳入雲的建築物左右立著巨大的夜叉雕像，彰顯著陰間的權威。

街道上，有鬼差們用鐵鍊拴著一個個亡魂走過。那些亡魂們掙扎哀號著，看起來非常不人道。

崔判官看了他們一眼，道：「生前作惡多端之人將前往地獄接受極刑，然後打落畜生道，永無為人之日。」

他的語調毫無起伏，似乎只是討論今天天氣罷了。我吞了吞口水，冷汗從髮際流下，開始努力回想我是否做過傷天害理之事。

我們來到一棟宏偉的建築物前，外觀有些像廟宇，整座建築物都用黑磚黑瓦打造，看起來極其陰森。

屋脊上站的，不是招祥的雙龍搶珠或福祿壽三仙，而是一個個面目猙獰的小鬼，工法極為粗獷，卻讓人不寒而慄。

牆面上毫無裝飾，只深深刻著一個個奇怪複雜的文字。

「冥文。」崔判官看出我的疑惑說道。「乃寫給亡魂和冥界之人，你豈能不懂？」

糟了，聽他的語氣，那應該是死人都看得懂的文字。我怎麼能說我是偷渡來的生靈？我惡狠狠啐道：「我啥時說我不懂？」

「本官冒犯了，只是你看著冥文猶如閱讀無字天書一般。」崔判官面無表情地說著。「此乃眾判官辦公之處——第五殿。」

我舉步就要進去，結果狠狠撞在門上彈了出去。

崔判官扶著我道：「看來你尚有許多事須適應。作為鬼魂在人間自由穿梭乃常態，然在陰間，你等皆如凡人一般無法穿牆，其餘如飛簷走壁或附身等亦無可為之。」

黑鐵鑄的十人高大門轟隆打開，陰風挾著一股潮濕氣味湧了出來。我悄悄探頭看，地上鋪滿黑磚，無數巨大灰色石柱矗立，大殿裡幽深不見盡頭。

我戰戰兢兢地隨著崔判官踏進大殿，沉重的氣氛震懾得我連大氣都不敢喘一下。

「於此稍候。」崔判官拋下一句話，就咻的一聲不見鬼影了。

「喂！別丟我一人在這，至少先讓我吃飯——」我的聲音在空盪盪的大殿內迴響，重重回音讓人覺得這裡好像不只我一個人在。

我握緊了老爸給的沒用護身符，顫抖地念著「南無阿彌陀佛」，想盡辦法說服自己也跟亡靈差不多，沒啥好怕的。

獨自待在這實在讓人不安，我決定去找其他人，不過無論怎麼走，都只能看到連綿不絕的柱子，大殿彷彿尋不到邊際。

從外表看來，這個大殿根本沒這麼大，難道我遇上鬼打牆了嗎?!

人家說，鬼打牆最好的解決辦法就是等別人叫醒你，可是唯一知道我在這裡的崔判官，八成已經不記得我了，而另一個判官大叔也根本不知道我在這。

我可以預見，等死鬼終於找到我時，只能看見一具乾屍……不知道靈魂體能否變成這種狀態，不過我現在已經餓得前胸貼後背了。

倏地，有個聲音出現，震盪了空氣，回音繚繞不絕，蓋過了原本的聲音來源。

我連滾帶爬地躲到根柱子後，神經質地警戒著四周。殿內昏暗，煙霧若有若無地模糊了視線，些微動作都看起來鬼影幢幢。

那聲音持續刺激我緊繃的神經，「咚——咚——」還是「吼——吼——」的，越發大聲。四面八方看不到任何可以發出聲音的物體，我抱著柱子簡直不知該如何是好。

……柱子？我往上看，一根根粗大石柱高聳不見盡頭。

所謂制敵機先，就是應該要取得好位置以利偷襲。

幸好老子我身手矯健、武功不凡，立刻攀著柱子，爬上約兩層樓的高度之後就腿軟地抱住了柱子。爬高一點果然讓我放心多了，就算有東西靠近也可以在它看到我之前先察覺它的行蹤。

那聲音戛然而止，只餘回音在空氣中環繞。我渾身冷汗，努力越過障礙物想看清楚有啥東西。

赫然間，一股顫慄如電流般從腳底直竄上頭皮，四周溫度驟然下降了好幾度。

一個帶著冰冷氣息的聲音在我耳邊響起：「你在做什麼？」

我吃驚之下鬆了手，不過身體並未如預期中下墜，領子猛地一緊，被人抓住了。

我絲毫不能動彈，任由背後的人將我下放地面。緩緩下沉時，一張看膩而討人厭的臉孔出現，不過此時看到這張臉，我只覺得謝天謝地。

我跌落地面，坐在那人面前，仰頭看著他時，眼眶微微發酸。

「死鬼……」我叫出了這個久違的名字，有種感覺在這時如潮水般襲來，幾乎要吞沒了我全身的知覺。

「我……快餓死了。」

死鬼無情地看著我，然後轉身就走。

我連忙抱住他的腳，慘叫道：「要走可以，先請我吃飯！」

這時，我眼角瞥到一雙銀線繡雲紋的方頭絲履緩緩從天而降，站定在我和死鬼旁邊，那人穿著繡著飛禽的深色官袍與玉帶，手持笏板。

「此人便是閻下走丟的小廝？」來者是崔判官。他已經換下盔甲，穿著一身文官服裝，和死鬼說話。

正如我預期的一樣，他什麼都忘了。

「很抱歉，我會嚴加看管。」死鬼沒有反駁崔判官的奴僕之說，漠視我的憤怒。

「感謝你的幫忙。」

「你怎麼這麼慢才來？我等很久了耶！」我不滿抱怨道。

死鬼沉吟道：「來陰間之後，我無法感覺到你的氣息。你自己注意點，要是迷路了我可找不到你。」

「我才要你別拖我後腿！」

「兩位可至偏殿詳談。」崔判官邁著大步，「閻下特地來此應有要事，閻王殿下吩咐，閣下有何要求儘管提出，本官盡力而為。」

我拉了拉死鬼的袖子，小聲問道：「你跟閻王是啥關係，他欠你很多錢？」

他一臉高深莫測：「我們非親非故，只是無意中掌握了些把柄。」

……我可以想像死鬼如何充分利用這些把柄。他能鑽冥法漏洞回到人間，八成也是以此威脅閻羅王。

PHANTOM

Chapter 3

通緝犯蟲哥

AGENT

崔判官迅速地在大殿裡穿梭，要說這裡像迷宮也太恭維了，千篇一律地都是柱子，根本看不出來任何足以當作地標的參照物。若在這工作，首先光記下自己的辦公室在哪就是一項挑戰了。

我們來到一間稍小的偏殿，就是崔判官的辦公室，看起來像古裝劇裡縣太爺升堂的衙門。殿內凌亂不堪，案上和地板的書堆積如山，椅子上放著卷宗和一缸寫禿的毛筆。

崔判官將椅子上的雜物掃落地面，示意我們坐下。

「那我就單刀直入地說了。」死鬼朝崔判官一揖，率先開口。「你應該知道，我當初是領了黑令旗回到人間的，並與閻王達成協議，直到找出殺害我的真凶前，我有在人間自由活動的權利。」

「本官確知此事。」崔判官點頭。

「幾天前，有個鬼差出現要拘拿我回地府，完全不聽我的抗辯。我原本猜測陰間的行政流程出現瑕疵，只要回來說明清楚，應該能解開誤會，不過當時發生了點意外，我的……小廝，和鬼差起了肢體衝突。」死鬼說完還瞥了我一眼。

我知道現在有正事要辦，只能忍氣吞聲，任由死鬼胡說八道。

「結果，那名鬼差在匆忙中，誤抓了我的兩個朋友。」

我的神經瞬間崩斷。「為什麼賤狗是朋友、老子是奴才?!」

死鬼沒理我。「這兩位朋友遲遲沒回來，我想請你幫忙尋人，並且找出這名鬼差，其中應該有什麼不可告人之處。」

崔判官沉思了會兒，拿了本厚重的書給死鬼看：「閣下所說鬼差是否為此人？」

我和死鬼都湊上去看，書上貼著一張大頭照，正是那個馬臉鬼差。同頁的個人資料還鉅細靡遺地寫著馬臉的出生年月日和死亡日，星座、血型、生肖、嗜好、前科，無一不備。

「此人乃負責S市轄區之鬼差。不瞞閣下，他已失蹤數日。」崔判官嚴肅說道。

我和死鬼面面相覷。

完了，這不是最常見的綁票勒贖步驟嗎！通常失蹤的犯人會帶著肉票到處藏匿，等到查出嫌犯身分並訴諸媒體之後，肉票的處境就岌岌可危了。

崔判官看出我的擔心，道：「有件事不知當不當說，然閣下與許暫時不需擔心兩位朋友的安危。閣下是否攜帶他們的畫像？。」

我掏出手機，滑開了相片簿。

蟲哥的照片雖然不算清晰，不過掌握了最明顯的特徵：比黑人牙膏包裝還閃亮的笑容；而賤狗的照片則真實暴露牠長相的精髓：噁心、塌鼻、口水、皺紋。

崔判官仔細端詳兩張照片，神情凝重道：「果不其然，閣下兩位朋友現正被通緝中。」

「……啥？」我伸手掏掏耳朵，不知是否我的聽力被耳屎影響了。

死鬼也很難得地臉上出現一絲錯愕：「怎麼回事？」

「我操！你這傢伙該不會又忘了什麼吧？」我不爽地指著崔判官問。「他們是無辜的耶，怎麼會被通緝？你們該不會想吃案包庇自己人吧？」

這時，警報聲忽然大作，響徹整座大殿。

我慌張地跳起來問道：「怎麼了？失火了嗎？」

「此非走水，而是閣下有麻煩了。」崔判官平淡道。

「三、三小麻煩？」我結巴問。

「閣下已是戴罪之身，焉可錯上加錯？」崔判官牛頭不對馬嘴地嘆著。

只見幾個陰兵舉著長槍，氣勢洶洶大步跨進偏殿，走進來就對著我道：「方才口出穢言者可是你？你被逮捕了。」

我不著痕跡往死鬼背後躲。「我靠，說髒話你們就要抓我？這裡有沒有王法啊！」

「此乃陰間法條之一：不可妄言。口出惡言乃人類最常犯下卻毫不在乎之罪孽，因此陰間立法，造口業者當即刻移送拔舌地獄。」崔判官非常好心地解釋。

完、完了，怎麼會有這種不合理的法律？我連忙抓著死鬼以眼神向他求救。

死鬼不為所動，冷血道：「讓你吃點苦頭也好，看你以後嘴巴能不能放乾淨點。」

「救命啊，我根本不知道這個規定啊！」我哀號。「叫我不說話不如殺了我算了！」

死鬼長嘆。「崔判官，能否通融一下？小孩子不懂事，我會好好管束他。」

崔判官點點頭，向衝進來的人說了幾句，他們便心不甘情不願地離開了。

「真是莫名其妙，說髒話也不至於傷人！這麼機……積極抓人幹嘛？而且這規定有漏洞。剛剛在戰場上我明明聽到大家都在罵髒話，為什麼他們就沒事？」

「鬼差不受此法規範，但凡鬼魂自當嚴守。敵對方不屬範疇內，本官亦不清楚他們是否有類似規定。」

「哇ㄎ……這也太扯了吧？當官的知法犯法就沒關係？」我抗議道。

「此鬼差為何犯下失誤而不放人回去，這點尚在調查中。」崔判官話鋒一轉：「然而，閣下的朋友們卻是犯下令人髮指之罪行。」

「放屁！賤狗也就罷了，蟲哥怎麼可能？」我說完才發現自己又口出惡言，趕緊往門口看那些傢伙是否又跑來了，所幸毫無異常。

「毋須多慮，放屁實乃正常生理現象，不算粗話。」崔判官煞有其事地說。「根據目擊證人指出，此鬼差將閣下的朋友拖下來之後，確實發現鑄下大錯。然他沒能及時將他們送回去，興許是不可抗力——因他遭受到慘烈暗算。」

我和死鬼頓時恍然大悟，不用想也知道，一定是賤狗幹的好事！

「他們襲擊鬼差，又轉而攻擊其餘人等，之後便不見蹤影。遭受毒手的人不計其數。現下所有證據皆說明他們綁架了鬼差。」

崔判官瞇著眼睛道：「因此本官下令逮捕，務必將他們緝拿歸案，否則地府威嚴蕩然無存，竟讓兩個凡人折騰得人手短缺，數十名鬼差負傷休養——」

「其中一個是狗，不是人。」我提醒他道。

「總歸，若得知他們蹤跡，本官將依閻王殿下指示如實告知。然在此之前，我亦將根據他們的罪行給予適當懲處。」

真是峰迴路轉啊，蟲哥和賤狗竟然從被害人搖身一變，成為通緝要犯了。我科科竊笑，賤狗也有這麼一天，過著悲慘的逃亡生活。雖然幸災樂禍很對不起蟲哥，但想到賤狗落魄的樣子實在大快人心。

「其實並非無法通融……」崔判官語帶保留地說。

「沒關係！做你們該做的吧！不用顧慮他們的生死。」我悲痛地道。

死鬼一掌捂著我的嘴，一手箝著我，用力得讓我彷彿聽到頸骨喀喀作響。他道：「有條件，是吧？」

崔判官嘆口氣道：「然也。本官就不拐彎抹角，適才查閱資料，方知閣下生前職業乃刑警。二位應當察覺現今陽間出現許多遊蕩亡靈。若此事無法解決，人間將為鬼魂所占據。」

「引渡亡魂不是你們的工作？如果陰陽不平衡應該是你們的責任。」死鬼毫不留情面地說。

「當下情況棘手，以我等立場無法採取太張揚之行動。此事攸關陰間權威，不能為一般人所知，因此本官希望委託二位協助。」

「請說。」

崔判官停頓一下，像是下定決心地說：「生死簿……失竊了。」

死鬼和崔判官兩人突然都陷入詭異的沉默之中。就我所知，民間故事裡說生死簿記載了眾生的輪迴，基本上陰間都是依據上面記載的資料，決定每人死後的懲罰以及來世應有的劫數。不過這聽起來不是大事，就像是公司壞了一臺電腦，但總歸有伺服器儲存著該有的資訊。

我一開口，發現死鬼還捂著我的嘴，便用力掙脫他，搶著道：「找寫生死簿的人問問不就行了？還是有備份嗎？」

「生死簿非人所寫，其屬天書，上至天庭、下至陰間也無第二本。上頭會自動記載凡人的生死以及一生中所做所為。」崔判官語氣平板地說著，面無表情看起來倒不是很緊張。「而分配鬼差引路亦是依照生死簿中記載。生死簿下落不明，許多業務已延宕數日，鬼差眾應亦漸察覺端倪。」

「數億人口的一生全在那本書裡？生死簿一定超大本。」我驚嘆道。

「此事只判官以上階級知情，為避免鬼差起歹念藉機作亂，消息全面封鎖。然紙包不住火，屆時人間鬼滿為患、壓垮兩界平衡，人間將無法承受如此強大之陰氣，就只有……」

崔判官沒說下去，而死鬼露出了然的樣子。雖然我不曉得會有什麼樣的後果，但可想而知，大概與九星連珠、彗星撞地球等級差不多了！

所以蟲哥說一堆人報案要抓鬼，還有死鬼說醫院裡鬼魂異常聚集，應該都是因為這個了？

死鬼看著我微微頷首，轉向崔判官道：「先找到我們的同伴，確保他們平安無事。之後，我不敢說可以幫得上忙，不過會盡全力查明真相。」

「甚好。」崔判官站起身，撞翻了腳邊一堆書。「請二位與本官同來。」

我本以為他會帶我們去刑場，看看賤狗和蟲哥可能會面對什麼樣的殘酷刑罰，或是看看失竊地點是否留下蛛絲馬跡。不過，在穿越無數的柱子之後，有種若有似無的食物氣味鑽進鼻腔裡。這味道啟動了我的飢餓開關，肚子馬上咕嚕作響。

崔判官和死鬼都回頭看著我，我趕緊挺起胸膛撇清：「我、我不小心放了個屁……」

「咕嚕——」這一次的「屁」非常響亮持久。

「噢。」崔判官露出了然的樣子，「原來閣下乃外來品種？」

死鬼用眼神跟我說：你真丟臉。

我訕訕然跟在他們屁股後，一肚子的屁……不，是一肚子的不滿無處發洩。

崔判官領著我們往香味方向前進，來到一處裝潢像是酒樓的地方。

他向裡面櫃檯的人吩咐了幾句，對我們道：「本官尚有公事待處理，請恕失陪。二位可在員工食堂用餐，一切花銷記在本官帳上，不用客氣。」

我充滿感激地望著崔判官離開的背影，對死鬼道：「崔判官雖然有點秀逗，不過人還不錯。」

死鬼冷淡道：「你還真好收買。」

陰間的食物來源是人間的祭拜，所以人間拜了什麼，陰間就有什麼吃。

我還記得看過老爸拿魚子醬和八二年的勃艮地紅酒當供品，一整個暴發戶樣。老爸說過，拜過的食物會失去所謂的「靈氣」，所以和祭拜前吃起來不一樣，不過根據我偷吃測試，似乎沒什麼不同。

現在來到陰間，吃的就是食物的靈氣。聽起來很酷，但就我看來也沒特別好吃。

死鬼蹙著眉頭看我狼吞虎嚥，自己啥都沒動。

「喂，死鬼，不要客氣快吃啊！」我趁著進食的空檔對死鬼道。

「對著你的進食樣子還能吃得下的人，我由衷感到敬佩。」

我無暇理會他，準備喝杯茶休息、等會兒再戰時，一股冷顫像電流般流過全身。這種感覺非常熟悉且噁心，我不禁恐懼地看看四周，不過沒見到那不祥的影子。

「怎麼，噎到了？」

「沒事。」想也知道，「那東西」怎麼會出現在這？應該是我太敏感了。

雖然想著沒事，但身體卻違背了意志，轟地站起。

我急急忙忙走出餐廳，回到了大殿的柱子迷宮。死鬼不明所以，什麼也沒說地跟著我。這次，我閉著眼睛都能憑著這股感覺走，雖然不認得路，身體卻知道要往哪走。

不久，便看到遠處我最初進來的大門。

我衝出門口，閉著眼睛感覺「那東西」，果然有強烈的噁心感在……上方！

我和死鬼同時抬頭，只見碧空如洗，閻王殿高聳入雲，有隻鳥正飛過。起初只是個小黑點，很快的就發現那隻鳥體積極為龐大，正急速往下衝刺，將陽光都遮住了。

砰！

那東西撞擊地面的瞬間連大地都撼動了，飛揚的沙塵捲起半天高，過了好一會兒才散去。

我仰視著那傲立煙塵中的巨大物體，頓時有如五雷轟頂，不好的預感竟然成真了。那威風凜凜、皮皺肉鬆、腳下正踩著本人我的是……

「007！」死鬼驚訝道，無視我被當成賤狗的肉墊。

賤狗慢條斯理從我身上踱下跑向死鬼，而死鬼臉上盡是與情人久別重逢的深情，一人一狗的情誼展露無遺。

「死賤狗！你搞什麼啊？差點被你壓死了！」我捂著重傷的肚子，艱難地從地上坐起。

「噓。」死鬼撫摸著賤狗的頭，一邊左右張望，「別忘了 007 被通緝中。」

「我應該替天行道，跟他們告密才是。」我酸溜溜說。

「007，小重跟你在一起嗎？」他不鳥我，自顧自跟賤狗情話綿綿。

賤狗「嗅嗚」一聲，屁股一轉就開始跑。死鬼一把拉起我就跟著賤狗。

「喂，我飯還沒吃完耶！」我不滿地大聲抱怨。

「餓不死你的。」

他的語氣與跟賤狗說話時截然不同，相當不屑。

賤狗帶著我們一路奔跑，路上引起許多側目和驚呼，不曉得他們是看通緝犯賤狗還是跑得上氣不接下氣的我，這時我衷心希望能有人去告密，趕緊抓了賤狗了事。

離開市中心，來到剛經過的都市外圍鬼差住宅區。

我抓住死鬼大叫：「我再也跑不動了，你不如殺了我吧！」剛吃下的食物好像都已經快反芻到嘴裡了。

死鬼和賤狗停了下來，兩人臉不紅氣不喘。死鬼皺眉道：「怎麼就你這麼麻煩？都成了鬼魂還一堆毛病。」

「你才有毛病咧！我可是正常人耶，餓了要吃飯、累了要休息是人之常情啊！你這傢伙已經死透透了，而賤狗根本就是異形，你們怎麼會了解我的痛苦?!」我現在才知道在陰間的感覺跟在人間並無不同，一樣能感覺到冷熱疼痛，因此地獄的刑罰才能顯現出其效果吧。

我直接坐在路旁隆起的土堆上，上面還插了塊寒酸的墓碑，不曉得是哪個窮鬼差住的地方。

賤狗在死鬼腳邊打轉，一邊朝著郊區的方向吠叫。

死鬼冷著臉看我：「第一，你自己走；第二，我抱著你走。」

「你背我行不行？」我懷著希望問道。

死鬼沒說話，彎下腰竟然真想付諸行動來個扛米袋。

「好啦好啦，我自己走！」我掙脫他的手，雖然兩腿發軟還是硬站起。死鬼壓根就是個錙銖必較的吝嗇鬼，死不吃虧，也不想想背我走可以減少很多不必要的時間浪費。我打定主意，等會兒好拖歹拖都要拖延他們的前進速度！

死鬼冷笑一聲，對賤狗道：「走吧。」

賤狗越走越偏僻，這裡零零落落立著幾間廢棄的小房子，完全不見人煙。最後，停在一間石砌廟宇前，斑駁的朱漆和缺角的階梯看得出來這之前應該是間華麗的建築，住這的鬼差八成撈了不少油水。

「這裡？」死鬼問。

「噢嗚！」賤狗大搖大擺從門口進去。

本以為可以一窺鬼差的私密生活，看看他們的住家會是怎樣的裝潢風格，不過這裡面什麼都沒有，只有被白蟻啃得七零八落的家具和滿地的白布，積滿灰塵和蜘蛛網。

有個東西在這裡相當顯眼，就是蜷縮在角落的蟲哥！

我連忙衝了上去，不知道他是否受傷，但他以非常安詳的表情抱著一團布呼呼大睡，絲毫未察覺我心中的熊熊怒火和死鬼的急凍視線。

「起來啦！」我蹲下來用力搖晃蟲哥，真佩服他不顧時地都能樂天知命的人生觀。

蟲哥咕噥了一聲，翻個身閉著眼含糊道：「我不吃早餐，媽，晚點叫我。」

「鬼才是你媽啦！」我用力抽起被子大罵。

蟲哥這時似乎清醒了點，眼睛微微睜開了一條縫。「咦？你——」

他說了兩個字赫然停住，我注意到他的目光聚焦在死鬼身上，臉上滿是驚愕。這也難怪，看到一個死了這麼久的人出現在他眼前，一時間必定很難接受。

「組長！」蟲哥跳起來，聲音很是響亮淒厲，「對不起，報告馬上寫好！請不要派我去人妖酒店臥底！」

「……」死鬼無言。

「笨蛋。」我替死鬼說出他心中所想。

「哈嗚。」賤狗抬起後腳搔搔脖子，打了個哈欠。

蟲哥瞪大了眼睛，看看我，再看看死鬼，「這——這——」他瞠目結舌，只能發出無意義的音節。

「我、我果然是死了，對不對？」蟲哥頹喪地說。「組長，沒想到還能再見到您，之前給您添了這麼多麻煩真是抱歉。」

「你來這裡也有一段時間了，什麼都沒搞清楚嗎？」死鬼鄙夷道。

「哇——這果然是組長的語氣！」蟲哥哀號，「這一定是為了要懲罰我造成這麼多麻煩，所以才派組長負責處刑對不對？」

蟲哥是個好人，我實在不忍看他可憐兮兮的模樣，決定跟他解釋清楚。

「你沒死，只是暫時靈魂出竅罷了。這一切都是誤會，不過因為有重要的任務要交給你，所以你先聽我說。」

接下來，我向蟲哥簡單描述事發經過以及找生死簿的重大任務。蟲哥聽得一愣一愣的，完全被我隨口胡謅唬住了。

「那組長怎麼會……？」

這說來就話長了，我詳細說明死鬼為了找出他死亡真相而回到人間、向法力高強的我求助、在他宿願得償之前擔任我的助手的詳細案發經過。

死鬼面無表情聽著我胡說八道，沒提出異議。

「原來如此。」蟲哥眼眶泛紅，情緒激動地道：「沒想到還能再見到組長，簡直是惡夢重演……不，是美夢成真！請您放心！我絕對會好好聽這小鬼……不，是大師的話，不會再給您添麻煩！我已經不是從前的我了！」蟲哥鏗鏘有力地說，似乎忘了「牛牽到北京還是牛」這句話。

死鬼轉向我道：「我可沒說過要讓他跟著，有你一個就夠了，還要多一個礙事？」他的語調毫無起伏，不過我聽得出來其中深深的不爽。

我將死鬼拉到一邊，省得他多嘴戳破我的牛皮。

「我們在這裡勢單力薄，多一個人就多一分助力啊，而且麻煩事可以叫蟲哥去做。我倒覺得不如讓賤狗回去好了，反正牠也沒什麼用。」

「這倒也是。若要剔除最沒用的成員，非你莫屬了。」死鬼冷冷道。

「滾你的！你幹啥非要拿那隻爛狗壓我?!」

死鬼完全不能理解我的憤怒是在如何萬念俱灰的心情下產生的，給了我個白眼便逕自走回去找蟲哥和賤狗。

「沒想到還能再和組長一起辦案。現在想起來，過去那些痛苦的經歷都變成美好的回憶了。」蟲哥自顧自回味過去。

「等會兒你就可以再度嘗到過去的痛苦了。」我唉聲嘆氣。「我們四個都是帶把的，一點搞頭都沒有。」

「你還記得事情發生的經過嗎？」死鬼問蟲哥道。

「是！」蟲哥非常恭敬地回答，「那時在醫院裡，大師叫我攻擊一個沒有形體的東西，我便照做了。接著突然眼前一片霧濛濛的，有條鐵鍊纏住了我的脖子，瞬間就像是溺水一樣，沒辦法呼吸，所有的感官都失效了……」

賤狗汪嗚了一聲表示贊同。

「醒來後，就發現到有人拖著我和那隻狗，是一個長著馬頭的人。他一發現我們，也顯得相當驚慌失措，據他的說法，好像是抓錯人了。這時我才知道那馬頭大概是什麼身分。後來，這隻狗也醒了，就開始攻擊那個人。」

我瞟了賤狗一眼，牠垂著張鬆垮垮的臉瞪回來，毫無反省之意。

蟲哥看了連忙說道：「不能怪牠，其實我應該要感謝牠才是。那個馬臉本打算將錯就錯，把我們當替死鬼，多虧了牠，否則我現在可能不會在這了。」

死鬼讚許地摸了摸賤狗，問道：「你從那鬼差那裡有聽到什麼嗎？」

「馬臉束手就擒之後我負責審問。我問他打算做什麼，他當然是閉緊嘴巴不肯說，所以我就用了些平常偵訊時不能用的小手段。」

蟲哥一臉開朗，說著他如何「刑求」那個馬臉鬼差，殘酷的手法簡直可媲美雷洛時代的警察。死鬼點頭，對蟲哥的做法表示贊同。

我打了個哆嗦，這感覺就像是突然發現住在隔壁、陽光的大哥原來是個殺人不眨眼的罪犯。條子果然都不是什麼好人。

「那馬臉說，他接受了別人的委託要去人間抓人，但不知道為什麼，只是收了錢辦事。後來，我們不小心讓他給溜了，也無法得知是誰在策劃這件事。」

這麼說來，有人唆使那馬臉去抓死鬼，那人應該是認識死鬼吧？

「欸，死鬼，你生前有什麼仇人嗎？說不定他是死了不甘願所以要陷害你。」我問。

「要說起組長的仇人啊，我看可以塞滿半個地獄了，光組長抓起來的人就不計其數了。」蟲哥插嘴道。

死鬼瞥了蟲哥一眼，他立刻閉嘴不再出聲。

「這其中可能沒這麼單純。」死鬼思忖道。「首先這時機就很值得玩味，若是平時，有生死簿在，鬼差無法隨便抓人。而現在唯一的依據失竊，這人應該是想趁這時置我於死地。等我下來，就送我去阿鼻地獄或是讓我進入其他六道輪迴之中。」

「那是不是代表說，要陷害你的人知道現在陰間發生的事？」我心裡有極不好的預感，「崔判官剛剛說了，這消息他們已全面封鎖，會不會是洩漏出去了？還是要陷害你的人地位很高？」

「都有可能。而另一個可能性是，這人既不是地位高的人，也不是消息走漏，而是……」死鬼停頓。

「而是什麼？」我急切地問。

「那人就是偷走生死簿、導致一切大亂的始作俑者。」蟲哥凝重地接話。

「他為什麼這樣做？處心積慮偷走生死簿就只是為了報復你嗎？」我問死鬼道。

「我不清楚，但原因應該不只這麼簡單。生死簿的重要性人人皆知，陰間對這方面的警備一定非常注重。那人如果能穿過嚴密警備偷走生死簿，一定有更重要的目的，報復我只是順手。」死鬼輕描淡寫，彷彿遭到報復對他來說是家常便飯。

「重要目的？征服陰間？」這是依我打電動的經驗，所能得出最貼切的結果。

死鬼不鳥我，繼續道：「當務之急，我們先回去取消通緝，再和崔判官商討之後的流程。」

「噢嗚！」賤狗諂媚地搖著尾巴。

我們走出小破廟，我正嘗試著分辨剛來的路，死鬼和蟲哥忽然神色一凜，賤狗也警戒地豎起耳朵。

「怎麼了？你們吃壞肚子喔？」

死鬼不發一語，扯住我的衣襟將我往後拉，蟲哥也在同時向前一步，擺出一夫當關的架勢。

「有人埋伏。」死鬼低聲道。

我踮起腳尖越過他們的肩膀想看個清楚，但除了斷垣殘壁、叢生雜草和滾滾黃沙，沒見到任何人影。

驟然一陣強風詭異地吹過，瞬間飛沙走石，整個天空布滿了沙塵，能見度不到一公尺。

沙塵暴維持不過數秒就消停了。風聲漸弱，視野清晰起來。我們前方的空地上出現一些剛剛還不存在的輪廓，影影綽綽似乎很多人。

空中飛揚的黃沙散去，我才看清楚前方的人馬。大約二十來人，他們全副武裝，虎視眈眈地盯著我們。

「乖乖束手就擒吧！」為首一人喝道。「人質在哪裡！快把人交出來！」

看來還來不及回去報備就先遇上麻煩了。

那些鬼差根本不聽蟲哥的辯解，所以只能以武力見真章，一時之間雙方打得難分難解。我在一旁搖旗吶喊，為他們助陣，這種高級的打鬥實在輪不到我。

一個豬鼻子鬼差注意到我閒在一旁，獰笑著就往我走來。

死鬼見狀，臉上露出焦急，但有三個人圍著他，實在無法脫身。他只能喝道：「快跑！」

我沒逃跑，向死鬼丟了個「安啦，我能應付」的眼神。

早在他們打鬥時，我就仔細研究過鬼差的動作了。他們穿著厚重的盔甲，雖然能有效抵擋外在的攻擊，但也使他們的動作遲緩，而盔甲也並非無堅不摧的。

那鬼差高高舉起長槍就要攻擊我時，我將頭別過去驚訝大叫：「地上有錢！」

嗜錢如命的鬼差馬上被我的謊言引開注意力，我用力一腳踢起，攻擊盔甲唯一的罩門所在——胯下。

……我的結論是，不管是人類或鬼差，弱點都差不多。

豬鼻子鬼差吃了我的必殺技「絕子絕孫腳」，慘叫一聲倒在地上，雙手捂著胯下不住打滾。死鬼皺皺眉頭，賤狗嗚噎一聲，蟲哥則露出心有戚戚焉的同情樣子。

其他鬼差看到同伴受到如此重創，群情激憤，叫喊著：「殺了他們償命！」

「住手。」一個冷淡的聲音幽幽響起。

雖然聲音微弱，但卻清楚傳進每個人的耳裡。

兩方人馬立即分開，保持著安全距離。

我抬頭，聲音的主人緩緩從天而降，背後的陽光照得他光芒萬丈。

……又是這種排場，反正有地位的人出場一定要搞點噱頭就是了。

崔判官落地，腳下沒激起一點沙塵。他淡然的雙眸環視全場，震懾得鬼差們大氣都不敢喘一下。

「本官接到消息，有人目擊通緝要犯行蹤。不及下令，使諸位受委屈了。」崔判官對死鬼說道，說起話來像念臺詞般毫無起伏。

「幸好你趕到，否則我們可能就要被他們殺了。」我悻悻然道。

對於我的落井下石，那些鬼差是敢怒不敢言。崔判官沒說話，眼睛掃過受到我的攻擊依舊爬不來的鬼差。

「總而言之，撤銷對他們的通緝令吧。」死鬼指著蟲哥和賤狗道。

「諸位請隨我同來，待調查之後再行決定。」

我不滿道：「喂！你這傢伙說話不算話喔？不是說……」

死鬼掐了我一把，以免我再惹事端。他小聲說：「這是緩頰之詞，不能讓其他人知道我們的私下協議。」

我們乖乖地跟在崔判官後面離開，留下那些鬼差們大眼瞪小眼。

PHANTOM

Chapter 4

找回生死簿

AGENT

回到了閻王殿，蟲哥向崔判官說明事情來由。

「如此，必先尋獲失蹤鬼差才得以知道其背後藏何陰謀。」崔判官行事決斷，立刻下了命令，改通緝畏罪潛逃的鬼差，理由則不對外公布。

「生死簿是由你保管的吧？我有必要先了解你平常的行程以及生死簿失竊當天的情形。」死鬼公事公辦道。

「此處人多嘴雜，況隔牆有耳，請諸位至本官宅邸一敘。」

崔判官領著我們到了他位在閻王殿後方的官邸，出乎意料地相當樸素，沒有雕欄畫棟或飛簷微翹，清一色木頭和竹子建材，看起來寧靜清幽。

「陰間提倡簡樸運動，本官身為管理階層自當以身作則。」崔判官解答我的疑惑。

「看起來平平無奇，說不定值錢的都藏在牆壁的保險箱裡咧。」我咕噥道。

在場的人有志一同地忽略我的發言。崔判官讓我們在客廳一角的精巧八仙桌旁坐下，自己拿出茶盤炭爐，煮水沏茶。

「請您詳細說明當天的情形，任何小細節都不要遺漏。」死鬼道。

蟲哥非常盡職地拿出小冊子做筆錄。雖然他現在的職位和死鬼生前一樣，但死鬼的權威看來已經根深蒂固了。死鬼一瞪眼，蟲哥便畢恭畢敬、嚇得像隻發抖的小動物，實在很孬。

崔判官將煮沸的熱水倒入茶壺裡晃了晃倒乾淨，打開壺蓋用熱水在茶葉上倒了三圈，慢條斯理蓋上壺蓋之後才道：「當日處理一樁懸案。死者回人間尋得殺身之仇人，本官便提前拘捕幾名作惡多端的傢伙，判以萬箭穿心之刑，受刑後打入畜牲道。」

他用熱水洗了小茶杯擺在我們面前，眼睛眨也沒眨一下。

「接著當天總共處理了數萬人次，上千人打入阿鼻地獄，處以永世受苦之行……」

「我們想了解的是您當天的行程。」死鬼道。

「當日和平時並無兩樣。本官素來上午進辦公室處理公事，從輪值的賞善司判官手上完成生死簿的交接，晌午至員工餐廳用餐之後，前往『戰場』進行例行公事。回來後接見幾個鬼差，向閻王殿下稟報待辦事項。入夜後欲將生死簿交給輪值的賞罰司判官時，便發現生死簿遺失。」

崔判官簡潔有力地交代完當天行程，一邊從茶盤上拿起個小紙包，打開來裡頭是某種褐色粉末。他拿小匙子挑了一點粉末放進各個杯子裡，然後再加熱茶沖進去。

「那麼，您最後一次見到生死簿是什麼時候？」死鬼看著他的動作，眼神疑惑。

崔判官的話不帶一分遲疑。「早晨本官處理完公事後便將生死簿收起，一直到晚上交接前，都未曾拿出來。」

「我ㄘ……」我把自然而然就冒出來的髒話吞回去，嚥嚥口水道：「那不是中間一大段都是空窗期?!難怪這麼容易偷！」

「我們將生死簿上的內容謄寫在卷宗裡，除交接以外，幾乎不會將之取出，也不曾另行查看。」崔判官放下手中茶具頷首道。「請用茶。其中加了一味中藥，名為『蜚蠊』，能保肝並提高免疫力，對人體極好。」

聽起來不錯。我雖然不太喜歡中藥味，但這種德高望重的高官請的茶肯定挺名貴的，說不定還能壯陽。我拿起杯子一飲而盡，咂咂嘴道：「此茶清香，飲後回甘，真是好茶。你們快喝啊。」

蟲哥忙著記錄，而死鬼也沒動他的茶，只是神色詭異地看著我。「那味『蜚蠊』，你知道是什麼嗎？」

「不就是中藥？」

死鬼扶額，長嘆口氣。「那是一種家中常見昆蟲。你懂我的意思吧？」

我轉頭看向崔判官，他點頭道：「『蜚蠊』又被稱為……人間如何稱呼？喔，對了，是蟑螂。」

吞下去的東西，要讓它再吐出來費了我一番工夫。我從茅廁回到客廳時，蟲哥的紀錄也告一段落了。「可以讓我們看看生死簿保管處嗎？我想說不定能找到些線索。」他提議。

崔判官點頭。我們都站起身準備到案發現場，崔判官卻不動如山，穩穩地坐在椅子上。死鬼挑了下眉毛，沒說什麼。

剛喝了蟑螂茶的我滿腔悲憤，早已按捺不住，不顧死鬼的阻止沒好氣罵道：「你這傢伙倒是很大牌，別忘了我們是要幫你耶，還不快帶路！」

「案發現場便是此處。」

呿！有屁不早放！我、死鬼和蟲哥三人，馬上開始行動。但房間裡除了桌椅之外什麼都沒有，難不成是藏在牆壁裡？

「你將生死簿放在保險箱裡？讓我們看看啊。」

「本官家中並無密室機關。」崔判官搖頭，表情高冷淡定。「如此重要之物平時不可離身，值勤時必須貼身存放以盡保管之責。」

「意思是……」

「生死簿乃從本官衣袋中被竊。」

……沒有所謂案發現場，根本是他自己丟掉的。

我看這下子死鬼也沒轍了。不是崔判官自己丟掉的，就是被扒走了，連想要效法CSI蒐集指紋和毛髮或是衣物纖維來個證物鑑識都不可能。

「生死簿這麼重要的東西，你都放在衣袋裡？沒有保險庫或密室專門供著、上百兵力看守？」我問。

「生死簿無此保管規定。」

「那輪值的時候咧？其他判官把生死簿放在哪？」我鍥而不捨地追問。

「自是他們的衣袋裡。」崔判官理所當然地說。

死鬼之前還研判，偷走生死簿的人一定要穿越重重警備、千驚萬險才能辦到，如此看來，偷不到生死簿的人才是白癡。

「既然如此，調查方向就要改變了。」遭此打擊，死鬼看起來還是十分鎮定。「因為有可能是預謀，你當天接觸過的人都要調查，任何小事都可能隱藏著訊息。」

應死鬼要求，崔判官要再次詳細說明他當天所發生過的事。

「當日本官進辦公室——」

「抱歉。」死鬼打斷崔判官，「我需要了解所有的事，包括在非辦公時間的行動。可以從早上起床開始嗎？」

崔判官蹙起眉頭，似乎正努力回想他當天早餐吃了什麼，半晌後眼裡露出一絲迷惑道：「本官似乎不記得上班前發生之事，當真怪哉。莫非……本官被人下藥?!」

他的確需要吃藥。我拉著死鬼在他耳邊低聲道：「那個崔判官有健忘症，除了公事以外，其餘的事情他一回頭就忘了。千真萬確，我剛剛差點被他的健忘症害死。」

「真是麻煩。」死鬼皺眉道。

「真是稀奇，他的記憶力跟雞一樣。」蟲哥也聽到了，一臉不可思議嘆道。

死鬼還是詳盡地問清崔判官記得起來的公事，不過聽起來似乎沒有疑點。

問完話後，天色也暗了。

崔判官盡地主之誼留我們過夜，便轉身要離開。

「等、等一下！」我出聲叫住他。

崔判官一腳已踏出去，回頭問：「何事?你又要用膳?」

「不、不是啦。」我欲言又止。「那個……我想問一下，我認識的人……」

崔判官走了回來，幽深的眸子直勾勾望著我。他沒等我問，伸出一隻手放在我肩上，緩緩道：「莫眷戀過去。你尚活著，須抱持信念，相信你所愛之人在這個世界過得安好。」

這個秀逗的崔判官說出一番心靈雞湯後便離開了。死鬼若有所思看著我，而蟲哥帶著賤狗手把手參觀房子去了。

這屋子裡有股木頭味，聞著聞著就讓人想睡覺。我看著黑暗中物體的輪廓，卻睡不太著。

我們晚上借宿在崔判官家，由於沒有多的客房，我和死鬼一間，蟲哥和賤狗一間。可惡的賤狗和蟲哥處得不錯，兩個人整個晚上到處參觀、玩得不亦樂乎。

實在不懂賤狗的識人標準，為什麼會覺得我對牠有威脅？

「睡不著？肚子還撐著嗎？」

死鬼的聲音從右方傳來，原來他還醒著。

我聽見窸窸窣窣的聲音，隱約看見死鬼從他床上坐起，伸手將放在兩張床中間櫃子上的燭臺罩子拿開。燭光忽明忽滅，讓我看不太清楚死鬼的臉。

「對啦，等會兒放屁臭死你。」我威脅道。

「你什麼醜態我沒見過？」死鬼嗤笑。

我挪了挪身體面向死鬼，半張臉陷在蓬軟的枕頭裡。

「剛剛聽到崔判官說，送了幾人去投胎、幾人去下油鍋，我突然想起，我認識而已死的人現在在哪裡？是否已經投胎、以其他身分生活著，或是正在地獄受苦受難。死鬼，你會想他們嗎？」

他拿起剪刀修剪燈芯，小小的火苗更亮了些。在燭火的映照下，他的臉看起來沒白天那麼機車。他反問道：「你想你母親嗎？」

「……算是啦。還有爺爺奶奶外公外婆和之前那個溫泉三八鬼，不知道他們現在怎麼樣了。」我扳手指數著。心裡掛念而又不在人間的也只有這幾人。

死鬼一手枕著後腦勺，看著天花板道：「天機不可洩漏。一個人的生死輪迴不是我們凡人所能探知的。」

我抱著枕頭，將臉深深埋進去磨蹭了幾下。「希望他們都安分地喝了孟婆湯去投胎了。只是想到他們忘了我，以其他身分活著，就覺得有些難過。」

死鬼轉過頭盯著我，可以看見他濃黑的瞳孔映出搖曳的燭光，也似乎映著我的身影。

我繼續道：「我也想到，到時候你在人間的任務結束了，就要回到陰間了吧？說不定幾年後我會在路上遇到重生的你，流著鼻涕、咬著奶嘴，但我們卻不認識彼此……」

「你知道嗎？」死鬼莫名其妙地問。

「啥？」

「我只希望，幾年後遇到你時，你不是流氓或罪犯。」

「法客！老子難得這麼認真，你竟然潑我冷水！」我大罵道。

瞬間，「粗話警報」又響起了，我這時才知道講英文也不行……

隔天，一早就被死鬼挖起來，我們和蟲哥會合後便往大廳去，預定今天要請那些關係人來一個個逼供，因為死鬼和蟲哥都相當善於此道。

踏進大廳，一股沉重肅殺的氣氛撲面而來。

大廳裡黑壓壓一片，除了崔判官，多了為數眾多的一群陰兵，裝束以及身上針對我們的敵意和昨天一樣，而他們看起來更為訓練有素、裝備精良。

剛起床本來還有些懵懵懂懂，看到這麼大的陣勢，我一下子睡意全消。我用眼神向死鬼詢問這是什麼情況，他不動聲色示意我小心一點。

「根據線報，爾等被列為盜走生死簿之嫌犯。現在正式逮捕，若試圖逃跑，我等不排除武力對抗。」

冷淡說出這一席話的人，竟是委託我們找出嫌犯的崔判官！他面對著我們，神色凜然，背後是上百名陰兵，這陣仗實在嚇人。

我錯愕地道：「明明就是你要我們找出你弄掉的生死簿，現在反過來誣陷我們是小偷？我們昨天才來的，你說要怎麼偷？」

「萬事並非眼見為憑。線報來源十分可靠。諸位於生死簿失竊後出現，假意協助搜尋，實則模糊焦點。本官自有充分理由懷疑此事乃自導自演。」

可惡的崔判官竟然翻臉不認帳！原來他是故意留我們過夜，趁我們放鬆戒備好一網打盡。

崔判官雙手交叉在胸前，看起來很囂張的樣子，準備一聲令下就可以將我們逮捕。不，看來他也很心虛，手指不斷敲著，眼神游移……

我趕緊拉拉死鬼，讓他注意崔判官的表情。死鬼面不改色，轉頭吩咐蟲哥道：「拖延時間。」

蟲哥點頭如搗蒜，站出去要求他們拿出法院發下的逮捕令。在蟲哥與那些人爭論不休時，崔判官彷若無人，自顧自敲著手指頭。死鬼則瞇著眼全神貫注崔判官的動作。

倏地，死鬼似乎明白了什麼，他猛然一轉頭看向後方。我看過去，只見後頭是一面牆。難道崔判官費盡心思告訴我們，牆壁後有密道？

一件懸在牆上的東西吸引了我的注意，那是崔判官的長槍，槍頭簇新，紅纓隨著室內氣流微擺。

死鬼似乎一頭霧水，盯著那支長槍沒有動作。

蟲哥和賤狗與那群人的爭執越燒越烈，為首的人已經氣得臉紅脖子粗，賤狗也目露凶光發出低吼。

我趕緊問死鬼：「你看出了什麼？」

「我只看得出來，他不斷瞟著那支長槍。」

我恍然大悟，喜道：「我知道他的意思！」

沒時間解釋，我直接跳上太師椅將長槍取下，差點沒脫手掉在地上，它的重量沉得教人咋舌。

「快跟我來！」我吼完轉身就跑。

崔判官家不大，通往宅邸其他部分的道路窄小曲折。我左彎右繞，那些人穿著沉重的盔甲根本不可能跑得快。

我停下來，對跟上來的死鬼他們說：「你們跟著我，動作快一點！」

說完，我吃力舉起長槍，在空中斜斜用力一劃。

一道大裂縫憑空出現，我慌忙將長槍往裡面丟，然後手腳並用爬進去。「快！」

我爬進裂縫後跌落地面，然後賤狗、蟲哥、死鬼依序跳了進來。隨即，裂縫便闔了起來，在最後我還瞥見另一邊銀晃晃的閃光。

回歸平靜，只聽得到我粗重的喘息聲。

「這裡是……」蟲哥遲疑的聲音響起。

我四處張望，這裡果然是我當初誤闖的地方，無盡黑暗的空間。

我向死鬼和蟲哥解釋這裡是我和崔判官初相遇的地方，當時我親眼目睹崔判官用那支鐵槍劃出通往其他空間的門。

「所以說，應該可以利用這支槍來往兩個空間逃避追緝。」我一口氣說完，問死鬼道：「怎麼回事啊？不是說生死簿失竊是祕密嗎？為啥才過了一晚上就變成一堆人對我們喊殺喊打？」

死鬼打量著四周說道：「昨晚外面就很鼓噪，應該是事情曝光了，所以逼不得已要拿我們開刀，畢竟我們是外來者，還有綁架鬼差的前科。」

蟲哥不好意思抓著頭道：「不過肉票也逃走了，我們應該獲判無罪吧？」

「現在怎麼辦？我們總不可能一直待在這烏漆抹黑的地方，可是回去那裡又會變成全民公敵。」我頹喪說著。早上才剛起床就被迫運動，肚子不爭氣地開始咕嚕叫了，這個地方我能篤定沒有餐廳。

「只能想辦法脫罪。」死鬼斬釘截鐵地說，「找出真相就行了。」

「不如去自首？反正他們查清楚了就會放我們走。」

「欲加之罪，何患無辭？現在生死簿下落不明，而他們對於犯人也毫無頭緒，此時最可疑的就是我們了。崔判官沒有為我們解釋，可能代表這是高層的授意，他也無法反駁。如果我們被抓到了，只有可能被栽贓成犯人。」

我啞口無言，本來只是想來陰間玩玩，結果又碰上這種麻煩事。仔細想想，遇到死鬼後，每次都會演變成這種窮途末路，說起來這傢伙還真是帶賽到不行。

「我贊成組長的做法。」蟲哥率先舉手。

……不管死鬼說什麼你一向都唯命是從！

「幸好昨天已經把該問的事都問了，接下來我們只要循線調查就行了。」死鬼仔細端詳那把槍說道：「這東西也太礙事了。」

「有什麼辦法？它可是救命法寶耶。」

我還在說話，就看到死鬼兩手分握住槍柄與槍頭，用力一拔，竟然將槍解體了！

「帶著槍頭就行了。」他冷酷說著。「若我沒猜錯，法力是存在槍頭上。」

「喂，你這傢伙真不懂得客氣！那是別人的東西耶。」我嘟囔著為崔判官打抱不平。

「你知道從這裡回去會到哪裡嗎？」死鬼突然問道。

「當然是剛來的地方啊！」我奇怪說道，「總不可能你從客廳開門進房間，回頭再開門就變成廁所吧？」

三分鐘後。

「客、客廳怎麼變廁所了?!」我不可置信大叫。

剛剛我們如法炮製離開黑暗空間，誰知道來到的不是崔判官家的後院，矗立在眼前的是一座陰森森的林子。

這裡的樹全部枯死發白，地上堆滿了褐色發黑的樹葉，天空中布滿黑壓壓的雲層卻毫無流動的感覺。空氣似乎停滯在這詭譎的氣氛裡，靜悄悄的讓人渾身發毛，只能聽見我們的說話聲。要是有什麼東西冒出來，我一點都不會意外。

「諸位為何選在此處見面？」魔鬼的耳語在我旁邊響起。

我僵直著身體慢慢轉身，有了過去的經驗，我已經知道這傢伙老是神出鬼沒，冷不防就嚇人一下。

崔判官就站在我們後面。他不知是未卜先知還是以超神速聞風而來，這麼快就找到我們了。

「感謝你的暗中相助。」死鬼先客套了一下。

「逮捕令乃十殿閻王授意。昨日消息傳開，矛頭指向諸位。為平息眾怒只得假意領命。」

「果真如此。」

「此物連接不同空間，乃鬼差必備之物，外觀則不盡相同。爾等可用它來往陰間和空間夾層。前往空間夾層時務必當心，若在之中走散，在下縱有通天遁地之力也無可奈何。」崔判官看著我手上只剩下一截的槍頭說道。

「為什麼？你之前不是從那把我救出來……你大概不記得了。」我問。

「空間夾層乃虛無空間，無確切位置或範圍。縱使陰間定期巡邏，亦只尋得少數遊魂。誤闖之人只能永世飄盪在無垠黑暗之中。」

我不禁咋舌。我遇上崔判官還真是走大運，否則只能在那等死了。

「你怎麼知道我們從夾層出來會在這裡？」蟲哥問了我很在意的問題。

崔判官指著我道：「在下識得其氣味。」

「滾你的！」我馬上抗議。「你是說我很臭?!」

「非也，在下所指乃閣下所持之槍頭。」崔判官指著我拿在手上的槍頭。「故在下能掌握諸位確切行蹤。入空間夾層之時氣味便會消失。」

崔判官教導我們如何正確到達我們要去的目的地，基本上就是靠強烈的意念，像是《哈利X特》的特殊移動方式一樣，如果目的地不夠清晰，就會跑到這種鳥不生蛋的地方。

「諸位乃陰間重大通緝要犯，若遭逮捕將直押御前，屆時在下也無能為力，望諸位珍重。」崔判官臨走前諄諄囑咐道。「另髒話辨識機可立即指出違反者之所在，有效範圍囊括全陰間，諸位當注意言行。」

最後這一點很明顯是針對我。說完，他嗖一聲就不見蹤影了，如同來時那樣迅速。

死鬼和蟲哥沒有浪費任何時間，迅速擬定好搜查的目標和路線。由於情況有變，先將嚴刑拷打關係人這項延後，改成視察崔判官的動線。

「據崔判官所提供的證詞，他那天去過的地方並不多。而在中午之前，他都確定生死簿在他手上，這樣蒐查範圍就小了許多。」死鬼沉吟道。

蟲哥看著他記錄的本子道：「不過問題是，連接這些地點的路徑不一定，而我們也無法光明正大地探查，這樣搜查的範圍就從面減少到點了，可能會有很多遺漏。」

「這是以臨時起意犯罪作為前提的搜查，而在之後的審問證人則是假設這是預謀犯罪。如果所有搜查結束還無法得出結果，我們再考慮這些特意忽略的部分。」死鬼道。

他們討論得很帶勁，我閒閒沒事，只好折樹枝和賤狗玩拋接。只不過樹枝丟出去，賤狗沒去撿，反而不爽地追過來想咬我。我被牠追得只能發揮靈長類的演化優勢——善於攀爬的手腳。我狼狽地爬上樹，賤狗爬不上來，就在樹下打轉，咆哮示威。

「你要香蕉嗎？」死鬼嘲諷道。

「吵死了！」

我們接下來要前往生死簿最有可能遺失的地點——閻王殿。在之前，我們先利用陰間式的任意門去了鬼差住宅區，偷了幾件衣服變裝。

崔判官說過，閻王殿有防衛機制，無法用鐵槍進入，只能從大門進去。冒著可能被認出的風險實在太刺激了，我當下就想打退堂鼓。

這樣有點對不起蟲哥，因為他為了更融入鬼差群，化身為犬頭人身鬼差——他扛著賤狗，整個身體都用衣服遮住了，只留了個小洞看路，看起來極為滑稽可笑。

我向死鬼拿了槍頭道：「這次讓我來吧，我覺得我應該可以掌握使用這東西的訣竅了。」

蟲哥露出興致勃勃的樣子道：「換我試試看吧，我還沒用過呢！」

賤狗也搖著尾巴想參一腳，衝過來兩隻前腳就搭在槍頭上。

我不爽罵道：「閃一邊去啦，關你啥事啊？想玩拋接找根樹枝去！」

賤狗不甘示弱，兩隻腳抓得更用力了，還皺著一張臉邊發出「吼～～」警告我。

蟲哥見狀，假好心上來說道：「這種小事交給我就好了，不用勞煩兩位。」

我們兩人一狗僵持不下，死鬼在一旁隔山觀虎鬥，完全沒有插手的意思，只是冷冷說：「有人來了，快決定。」

「要不，我們猜拳決定？」我提議道，「贏的人擁有這次的優先權。」

蟲哥欣然答應，看來是對自己的猜拳很有把握。

我將槍頭放在地上，出聲說：「開始囉，剪刀、石頭、布！」

話音落下同時，蟲哥比了「布」，我則趁機以迅雷不及掩耳的速度撿起了槍頭，然後遠離他們。

「嘿嘿，老子才不會乖乖猜拳咧，這種東西本來就是先搶先贏！」

蟲哥大聲抗議，死鬼則一臉鄙夷看著我，只有賤狗似乎不甘心被我騙，目露凶光朝我走來。

「喂，大家都是文明人，不能動粗。」我警告賤狗，不過有點底氣不足。

賤狗擺出攻擊態勢，一下子衝過來咬住槍頭。我被牠撲倒在地，手忙腳亂想奪回來，抓著一頭使盡吃奶力氣不願放手。

忽地，賤狗抬起頭來，臉上露出奸險的笑容……我發誓牠一定在笑！還來不及深思牠這個表情的意義，就感覺到手上對峙的力道猛然消失了，賤狗在我用力想搶回槍頭時鬆開了嘴。

我跌了個倒栽蔥，在地上滾了好幾滾。我馬上爬起，憤怒地將槍頭扔在地上，大吼：「死狗！今天不打個你死我活，我誓不為人！」

賤狗絲毫不將我放在眼裡。我才踏出一步，忽然聽到死鬼驚叫：「別動！」

死鬼的命令傳進腦子，但身體卻沒接收到，腳底一個踩空、身體同時一沉，整個人跌進一個大洞裡。

千鈞一髮之際，我伸手抓住了洞口邊緣，一隻手臂撐著身體的重量，痛得像要斷了。

這地上啥時出現一個大洞？我伸起另一隻手攀住，只見下面黑黝黝的深不見底，形狀狹長，看起來倒有點像是用槍頭劃出的裂縫。莫非是剛才不小心弄出來的？

我努力用手臂撐起身體，便看見死鬼和蟲哥跑了過來，但在他們之前，一個不吉利的陰影猛然竄出。

賤狗的醜臉害我吃了一驚，渾身一個激靈就手軟了，整個人跌入坑洞。

最後見到的，就是從洞口探出的死鬼緊張的臉。

PHANTOM

Chapter 5

無間

AGENT

的空氣壓迫全身。

我翻了翻身，讓被汗浸濕的後背透透氣，不過無法緩解這股炎熱，只感覺到熾熱

「熱死人了！」

我坐起身，立即就發現了問題。這裡是啥鬼地方?!

我處在一個巨大的岩洞裡，洞頂有幾層樓高，長形的洞窟朝兩邊延伸出去看不見盡頭，舉目所見都是坑坑窪窪的岩壁，空氣中瀰漫著一股像臭雞蛋的硫磺味。岩石壁裡似乎含有發光礦物，隱隱浮著微弱的紅光。

適才我不小心在地上劃了條空間裂縫，然後被賤狗陷害掉進來了。對照我掉入的方向和這裡的情況，難不成是跑到地心裡了？

崔判官說過在製造門時要是沒專注想著目的地，就會跑到奇怪的地方去。這鬼地方連看都沒看過，死鬼他們要來找我恐怕不容易。若是有手機就好了，還可以打電話給蟲哥，但現下我只得自食其力找到出口。

這裡和我認識的陰間截然不同，簡直像另一個次元。我們只能用槍頭來往陰間和空間夾層，至少可以確定尚在陰間的範圍內。

我選定一個方向，拿出口袋裡的麥克筆在石壁上簽名做記號。雖然這裡看起來就

是直直一條通道，但總覺得什麼怪事都可能發生。

我靠著岩壁，藉著微弱的礦物光摸索著前進。

石洞應該是天然形成的，相當崎嶇不平，走了一段路後就發現這裡有著不易察覺的坡度，而我正往上走。我當下就想回頭改行較好走的下坡路，但這時還是要想辦法走回地面才行。

這裡的空氣熱得炙人，和我所知的森冷陰間相差甚遠。我邊走邊脫，將原本穿在外面的偽裝用壽衣和夾克襯衫褲子都脫了，只留下吊嘎和四角褲，但還是悶熱難耐。

右手臂垂在身側，軟軟的無法動作，應該是剛掉下來時弄傷的。

我步履蹣跚地走，身體裡的水分不斷散失，肌肉也一抽一抽地抗議工時過長。我飢腸轆轆，口乾舌燥，全身沒一處舒服。

我不禁在心裡埋怨起死鬼來，要是他動作快一點抓住我就好了。等會回去，不管他說什麼，都一定要敲崔判官請我吃飯，還要申請災害補償和我應得的報酬。

時間似乎隨著凝滯的空氣停止流動，高溫和密閉空間讓我覺得體力隨著淌下的汗水一點一滴地流失，渾身都不對勁。

將衣服疊在一起鋪在地上，我筋疲力竭癱在上面稍作休息。

這樣的冒險對我這隻溫室長大的肉雞來說實在太辛苦了，早知道剛剛拚死都要連賤狗一起拉下來，讓牠品嘗我現在的痛苦。

洞穴內安靜得有些嚇人，我將背脊靠在岩壁上，雖然燙得就像是在鐵板上煎烤一樣，但背後堅實的觸感讓我安心許多。

有個聲音像水面激起的漣漪般蔓延過來。我悚然一驚，急忙從地上爬起來。

聲音在洞穴內不斷反射，模糊了音源，聽起來好像遙不可及，又像近在咫尺。

無法確定聲音的方向，我閉上眼睛、側耳傾聽……聲音是從我剛走來的方向傳來的！而且越來越近，依稀可以聽出是腳步聲！

我拔腿就跑，瞬間我鈍重的腳步聲就掩蓋了追蹤者的聲音。肌肉痠痛，肺部像受到壓迫般快爆炸了，還要顧及不能震動到受傷的右手，跑也跑不快。

聽不到後面的動靜就無法得知彼此的距離，這讓我有些害怕。我稍稍慢下腳步，趁著喘息的空檔回頭看了一眼。

已經不只是腳步聲了！一個黑暗的影子張牙舞爪從黑暗中伸出！

我嚇得肝膽俱裂，腿都軟了，只能咬牙做著垂死掙扎。人衰真的無論何時都會碰上壞事！救命啊！

一隻枯瘦的怪手猛然抓住我的肩膀，我被拉得一個踉蹌，向後倒在地上。一張長滿膿包、嘴歪眼斜的臉湊上，張開血盆大口就要咬下來。

我尖聲大叫：「法克——！」

那隻東西沒吃我，反而一掌揮在我臉上打得我眼冒金星。原本昏沉的腦袋反而開始能集中注意力，我看著那張怪臉慢慢融化剝落，在那之下的是死鬼正常又普通的鬼臉。靈臺逐漸清明，我頓時發現剛剛自己竟產生了幻覺，現在眼前的死鬼再真實也不過了。從掉落這裡開始心裡就一直有的某種閉塞感一掃而空。

「死鬼……」我從乾涸得快出血的喉嚨硬擠出話來。

他的臉色比起剛才緩和許多，皺眉道：「你的興趣是裸奔？」

我這時才想起，一時匆促間忘了拿衣服，身上只穿著吊嘎和印著不倒翁的四角褲。

我跳起來，頓時清醒多了。

「你扔在路上，我幫你拿了。」死鬼手中拿著我的衣物說道，「我叫你半天，你跑個什麼勁？」

「我又沒聽到！」我抱怨著，「我嚇得快中風了，剛剛還把你看成青面獠牙的惡鬼咧。」

死鬼面色驀地一沉，「我就覺得你的舉止很反常。果然沒錯，這裡的空氣可能有毒。」

我反射性地掩住口鼻，含糊道：「不會吧？我只聞得到屁味啊。」

「應該沒什麼大礙，就你我的情況來說，只會在精神不濟時導致輕微的幻覺，我倒是沒受到影響。」

見死鬼泰然自若，我也放心了，慢慢放下手道：「所以說毒不死人囉？難怪我覺得呼吸不順暢，原來都是這些毒屁。」

「你還是別得意忘形吸入太多比較好，省得等一下又出現幻覺。」死鬼告誡。

「好啦好啦，你比我老媽還囉嗦！」我斜眼道，「對了，你怎麼會在這？」

死鬼的臉冷了幾分。「還不是為追你這個白痴？」

「你也是從裂縫跳進來的？我還指望你會知道出口咧。」我唉聲嘆氣，「這裡我實在不想再待下去了，我們趕快走吧，離開這個洞穴去跟蟲哥會合。」

「原來你還沒發現。」死鬼扶額，一臉「朽木不可雕也」的表情：「你還記得，崔判官說過鐵槍的作用是連接不同的空間？」

「廢話！」

「從戰場到閻王殿，需要利用和空間夾層的連接，這就代表，那支鐵槍沒有辦法讓我們在同一個空間直接來回的。」死鬼抬眼嚴肅道：「這樣說你該懂了吧？」

我消化了一下，赫然醍醐灌頂：「這裡不是陰間？」

「沒錯。」

「這裡不是陰間……」我喃喃自語道。「會不會是長槍出了問題？這裡也不像是空間夾層。」

「這就是問題了。一開始我也這樣懷疑，不過你沒忘記你剛剛說了髒話吧？就在那時我確信了，這裡應該是其他空間。」死鬼的語氣十分肯定，「陰間的粗話偵測可以立即補捉到違規者的位置，且在短時間內予以逮捕。不過，你沒見到那些官差吧？」

仔細想想，好像真是這樣……

「崔判官不是說我們沒辦法去其他空間嗎？那傢伙講話真是不能信！」

「不要怪罪別人，是你太蠢了。」死鬼毫不留情指出，「誰知道你和 007 爭搶時在想什麼？追根究柢，我們所處的困境是你造成的。」

「對啦對啦，都是我的錯啦！」我自暴自棄地說。

死鬼不理會我，將壽衣撕下一塊讓我微掩著口鼻。「現在，我們得想辦法知道這是哪裡，說不定還是有機會回去……你的手怎麼回事？」

「掉下來弄傷的，肩膀痛死了。」

死鬼輕輕地摸了摸我的手臂和肩膀，我才發現我的肩膀骨頭整個變形。「不能轉對吧？應該是脫臼，幸好沒有折斷。忍著。」

我才想跟他說我一直忍著，死鬼突然握著我的手臂用力一推。我似乎聽到了骨頭發出痛苦哀號，然後一陣劇痛襲來。

「痛——死了！」我慘叫。

死鬼把我的骨頭接了回去，雖然很痛，但手馬上就可以動作了。

「我猜這裡是鬼差們的懲罰空間，貪汙瀆職的就來這裡接受熱死人酷刑。」我在死鬼轉著我的手臂確認沒有其他傷勢時說道。

「若真是如此，這裡一定人滿為患。」死鬼很稀奇地對我的胡說八道做出回應。

有死鬼跟我一起走的確是安心多了，而且也輕鬆許多。

我死求活賴，跟他說我剛中毒沒體力，手臂又痛，硬是拗他背我。死鬼被我纏得受不了，只好勉強答應，所以我現在趴在他背上，還有閒情逸致到處指指點點。

洞穴越來越窄，溫度也越趨升高，這是否代表在那另一頭有什麼異狀？

「你走快一點啦，這麼慢要走到哪年哪月啊？」我催促道。

死鬼忽地鬆了手，我重重跌落地面，屁股大概裂成四片了。

「我開玩笑而已，你很沒風度耶！」我揉著屁股罵道。

「噓。」死鬼回頭，指著我們前進的方向：「前面有東西。」

我凝神看，我們似乎走到岩洞的盡頭，前方出現一點亮光，隱約還有嘈雜的聲音。

「那是出口嗎？」我興奮道。

「不知道，小心一點。」死鬼叮嚀道，「這種溫度和空氣流動不像是通到外面。」

我們貼著牆壁，躡手躡腳往亮光處走去。

出口比想像中來得近，而走到中段地方，洞穴變得很窄，我和死鬼甚至只能匍匐前進。

我攀上洞口，用力撐起身體。眼前豁然開朗，那個小洞口外竟然別有洞天。

我們剛走過的岩洞充其量是條通道，連接到一個更廣闊的洞穴。我看了一圈，竟然看不出岩洞的確切範圍，若不是頭頂的石壁，我可能以為走出了洞窟。如果以常用的計量方式來比喻，大概比一千個巨蛋體育館還大。

我和死鬼趴著的洞口離洞穴地面尚有幾公尺高，就像是牆壁上被白蟻咬出的一個洞。我往下看，只見地面密密麻麻都是人，仔細一瞧，簡直要嚇破我的膽。

那竟是一堆正在接受酷刑的人們！

各式各樣的刑具，就如同民間傳說描述的，大油鍋裡滾燙的熱油翻滾著，拿著長戟的小鬼們逼迫犯人們一個個跳下去。

進入的瞬間，身上立即血肉模糊，犯人痛苦地嚎叫掙扎，但小鬼們用長戟將他們再度壓入熱油裡，載浮載沉，卻怎麼都死不了。

還有一堆小鬼圍著一個銬著枷鎖、吊在空中的犯人，手中凶器不斷往他身上招呼，每一次都刺穿他的身體再拔出來。

其他犯人就在旁邊看著，等著下一個輪到自己……

悽慘瀕死的呼喊聲此起彼落，就我視線範圍所及，大概有幾萬人同時在這接受慘無人道的酷刑。

只消瞄一眼便讓我渾身打顫，轉身不敢再看。胃裡一陣翻騰，簡直要吐出來了。

死鬼嚴峻地盯著這意想不到的畫面，臉上沒有一絲同情或動搖。他緩緩開口，彷彿正點算著下方各種刑罰。

「所謂苦者，阿鼻地獄。十八刀輪地獄，十八劍輪地獄，十八火車地獄，十八鑊湯地獄，五百億劍林地獄，五百億刺林地獄，五百億銅柱地獄，五百億鐵機地獄，五百億鐵網地獄……如是等眾多地獄。」

聽著死鬼說著，他的描述比我看到的極小部分更加殘酷，我不禁喊道：「夠了！」

他冷酷地說：「這就是永世不得超生的含意，這就是犯下五逆罪及十重罪的人的最終歸處。」

我靠著岩壁坐下，抱著膝蓋、緊咬牙關，壓抑著心中無盡恐懼。

死鬼回過神，雙眼恢復平時冷淡。「看來，你是無意中開啟了連接陰間和地獄的路。鬼差用那些連接空間的道具，將犯人送往他們應為生前所作所為付出代價的場所。」

我沉默了半晌，只問：「這裡是……第幾層？」

死鬼看了看稍遠的地方，那裡有幾個小鬼正在挖犯人的眼珠，還發出刺耳的笑聲。

「這便是最苦最黑暗的十八層無間地獄。」

「是喔。」

我曾經心心念念的那些人，之前只想著他們投胎與否，根本沒考慮過是否正在地獄裡受苦受難。死鬼說的十重罪我不知道是什麼，但若因此被打入十八層地獄，肯定是天理難容的罪行。在我的記憶和認知裡，他們都是好人，庸庸碌碌卻誠懇地過完一生。我無從得知他們在陰間的審判中是否有罪，只能相信仍存在心裡的親情。

忽地想起，死鬼也死過一次，不曉得他當時是否也接受過審判？他會得到任何懲罰嗎？我有點想問，但又難以啟齒。

「我是含冤而死的。」死鬼似乎知道我想問什麼。

「……啥？」我有些不知所措。

「所以我當初下來後，先到了閻羅王面前申冤，審判要等我真正回到陰間後才會執行。」他面色祥和地說著。「不過我這一生從沒犯下違背良心或是天理所不容的事，因此，我不擔心。」

「或許你曾不小心開車輾死了小動物，你自己不知道罷了。」我酸溜溜地說，但心裡同時有些欣慰。

我無法想像死鬼在地獄中掙扎煎熬的樣子，他一向都這麼自信，朝著確立的目標前進，我相信他絕對不會偏離目標走錯路的。

死鬼對於我，是個特別的存在，我無法給他一個清楚的定義，「朋友」抑或是「冤家」，但能確定的是，他在我心裡的意義絕不只是這麼簡單。

我想這大概是所謂的革命情感吧？說是朋友，我們之間的關係是由死鬼單方面的奴役開始，不過我和他都很清楚，我們現在可以說是缺一不可了。

他現在是我最珍惜的朋友，縱使我明白，他的存在是一種偶然，為了重要的目的才在這裡。

我們的緣分太晚開始了。我有時會想，如果在更早之前就認識了，我會不會變得和現在不同？這個想法我曾透露給死鬼，但他只說，不希望我有任何改變，我只要保持原來的自己就行了。

他的話對我無疑是一種莫大的肯定。

周遭形形色色的人，不是漠視我，就是和我一樣，我對於那些輕視我的人也同樣抱持著敵意。而死鬼不同，他有時會說些難聽的話刺激我，或是對我的作為表示輕蔑，但我能從他的話裡感覺到不一樣的態度，和過去我習慣遭受到的侮辱完全是兩回事。

所以我的心裡很矛盾，理智上當然希望死鬼能早日查出幕後主使，完成他的期盼安心投胎，情感上卻希望他能留在人間久一點。但我知道，這不像小孩子要玩具這麼簡單，一切都會牽涉到死鬼的未來。

這種感覺很不可思議，我從沒如此為一個人設想，也沒有其他人這樣對我。所以我不會提出任性的要求，雖然知道只要我開口，死鬼一定會留下，但我不會這樣做。

如果要說死鬼的存在讓我有什麼不一樣，大概就是這個了……

一陣搖晃讓我從思考漩渦中醒來。

死鬼嘴角微揚，嘲諷道：「你大白天的就在做夢了？睡了這麼久還不夠？」

「吵死了！」我暴跳如雷道，「你才不懂我在想什麼咧，你這中年人怎麼會知道纖細又多愁善感的少年心！」

「我當然知道。」死鬼突然沉下聲音道。

我心臟突地跳了一下，死鬼該不會真知道我的想法吧？剛剛那些思考如果被他知道一定會被嘲笑到死！我支支吾吾道：「你又知道啥？」

「你肚子餓了吧？」死鬼瞧不起人地說。

「唉，你還真是沒有長進。」我搖搖頭，語重心長地說。

死鬼不了解我的苦心，只是注意著外頭情況，一下子又縮了回來。「下面有人。」

我悄悄探出頭，只見我和死鬼藏身的洞穴正下方，有幾個長相怪異的鬼差聚在一起大吃大喝，嘰哩呱啦地閒話家常。距離近了我才看出來，他們體型矮小、瘦骨嶙峋，臉長得比咕嚕還難看，應該是負責行刑的獄卒。

「……我老婆昨天買了一套高級保養品，花了我足足一個多月的薪水。我跟她說，她想變美要整形才有效果，她竟然大發雷霆把我趕出去了。」一個小鬼邊灌酒邊無奈地說。

「我老婆才……」

我跟死鬼道：「這種話題有什麼好聽的？我們趕快離開這裡，說不定另一邊的盡頭就是出口。」

「再等等。」死鬼不知道為什麼，對他們的廢話相當有興趣。

在我聽完第五次以「我老婆」起頭的對話，突然一個小鬼壓低了聲音。

「……那傢伙找到了沒？」

一個小鬼馬上惡狠狠罵道：「你哪壺不開提哪壺！那個渾蛋，要是被我找著了一定要剝了他的皮，把脊椎抽出來再從屁眼塞回去！」

「還不是你財迷心竅？給你一些錢，竟然就糊里糊塗把人放走了，要把人追回來時還差點被他宰了，被發現了可是死罪一條。你到底收了多少錢讓他出去放風？」

那個小鬼閃爍其詞，其他人眼睛都發光了，抓著他道：「快說！到底收了多少！」

「欸，你覺得生死簿丟了跟那傢伙有沒有關係？他逃掉沒多久，生死簿就在當天不見了。」

「他區區一個人要怎麼偷？生死簿如此重要，一定被保護得滴水不漏。你倒是去偷偷看！」

我和死鬼心有靈犀地對視一下，思忖道：你們都錯了。

「那可不一定。那傢伙拿得出這麼多錢，還在我們的監視下逃掉，不可能只有一個人。這麼有錢又知道我們守備的漏洞，我猜他一定有比我們職階高的幫手……」

幾個小鬼慌張叫他閉嘴。「話不能亂說！以下犯上可是重罪！再說咱們什麼地位，在陰間隨便一個差役都能對咱們頤指氣使的。」

他們的話題迅速轉回老婆身上。

我和死鬼將頭縮回來。死鬼一副若有所思，我呼出一口氣，往後靠在洞穴口旁，道：「死鬼，我們好像聽到很了不起的八卦耶。」

「不過聽他們的對話，似乎都只是猜測，沒有實質的證據。」死鬼沉吟道。

「要不，去問他們那個逃犯是誰好了？雖然只是猜測，但不是有句話說什麼謠言不會空……呃……」

「空穴來風。」死鬼幫我接上話。「確實如此。竟能從十八層地獄脫逃，看來這個人也相當有本事……或是他背後那人。」

「我聞到陰謀的味道。」我抬高鼻子在空中嗅聞。「事不宜遲，我們去問下面那些醜傢伙。他們待在地獄裡看起來挺封閉的，應該不知道我們是通緝犯，而且他們更認定那個逃犯才是真凶，我有預感事情會相當順利。」

死鬼皺眉道：「謀定後動。你打算大搖大擺進去，客氣地讓他們全盤托出？在這個地方，我們不會被認出是通緝犯，而是更……」

我打斷死鬼，迫不及待說：「我知道了，你是想要抓一個來審問是吧？我也比較喜歡這方法，那麼趕快動手吧！」

死鬼無奈地搖了搖頭。「先等一下。待他們的聚會告一段落，有人落單時再行動。」

死鬼相當有耐性地窺伺下方動靜，而底下小鬼們看來是打定主意要趁陰間大亂，好好偷懶個夠本，酒會氣氛越加高漲，小鬼還手舞足蹈起來。

我實在不想看那些醜陋的小鬼跳舞，反正盯梢這種事讓死鬼來就夠了，我就靠在一旁養精蓄銳。

惡夢讓我猛然驚醒，身體像蝦子似地彈了起來。一睜眼就發現我還睡在剛剛的洞穴裡，只是已經半個身體懸在洞口了。

眼睛慢慢聚焦，見到死鬼正一臉緊張地要拉我起來。我正想問他，就聽到身後傳來憤怒嘶啞的大吼：「有人在那邊！」

完了，被發現了！死鬼將我一把拉起，兩人開始努力地往回爬。

「幹嘛要逃啊？跟他們說明我們的來意就行啦！」我不明所以，邊擦嘴邊的口水邊問道。

「你覺得他們會相信嗎？」死鬼反問。「我們在這裡出現只會被當成試圖逃跑的犯人。」

這時，後面的小鬼追了上來，爭先恐後鑽進洞穴裡，敏捷地在狹窄的洞穴裡爬行。小鬼體型大約半個人高，骨瘦如柴，但臉上的凶惡表情和對犯人的殘酷程度都是前所未見。

「快一點，他們可以站起來之後動作會更快！」死鬼催促。

「我、我們是崔判官欽、欽點尋找生死簿的特勤小組……」我上氣不接下氣，邊跑邊試著和小鬼們講道理。

「別跑！你們這些殺千刀的傢伙，刑期還沒滿就想逃嗎！」小鬼在後面咆哮，臉孔扭曲，齜牙咧嘴地扔擲手中武器。

他們還真是心狠手辣，丟過來的狼牙棒將岩壁砸下一塊。我不滿大叫：「就說我們不是了，矮冬瓜！」

他們似乎對身高相當敏感，聽到「矮」這字就怒不可遏，嚎叫著追過來。他們動作雖快，但腿短，所以我們才能到現在還沒被抓到。

我跑著跑著，沒多久就有點力不從心了，腿像灌了鉛似地抬不起來，張開嘴希望能吸到更多空氣，但流進肺裡的只有熾熱的硫磺味。

「死、死鬼，我不行了……」我用盡最後一絲力氣向死鬼交代遺言，「跟、跟我老爸說……」

「少蠢了。要是被抓到，他們會讓你求生不得、求死不能。」

……赫然想起小鬼們折磨犯人的畫面。我吞吞口水，決定再堅持一下好了。

我已經跑到神智不清、眼前一片矇矓了。前方地面上突然出現了狹長的裂縫，橫越了整條路。我能確定來時沒有這個洞。

這一幕看起來似曾相識，一堆人追趕我，前方有個阻擋去路的洞，那不是跟我剛才做的夢一樣？

我向死鬼大叫：「小心點，一定要跳過去，要不然他們會變成賤狗！」

死鬼蹙眉瞟了我一眼，大概覺得我起肖了。

地上的裂洞越來越近，我勉強加快速度想一口氣跳過去。

就是現在！我屏住氣息，在起跳的瞬間，那洞突然冒出一顆頭來。

我著實是嚇了一跳，來不及看清楚那是什麼臉，一口氣就憋不住，但身體已經跳出去了。我感覺身體到了最高點後往下落，不過腳下卻是黑洞洞一片。

人生片段如跑馬燈一樣，一幕幕快速掠過……

咦？死鬼也在我旁邊下墜中？難道他跟我一起掉進來了？說時遲那時快，我的身體重重摔在地上，飽受摧殘的屁股再度受到重創。

四周暗得伸手不見五指，我抬頭看看洞口，發現那洞口竟快速闔了起來，一下子消失不見。

陷入一片黑暗，唯一的光源已經被切斷了，這地方看起來應該是我相當熟悉的空間夾層，黑暗陰冷，不過我卻能清楚看到站在旁邊的死鬼和……

崔判官！

他面色平靜，彷彿已經很習慣救我了。「在下返回大殿時，閣下的朋友藏在那裡，表示你二人掉進裂縫裡，他們來回空間夾層數次卻到處找不到你們的蹤跡。」崔判官看著我道：「詢問之下，果然爾等在地面上製造出門。在下一層層往下找，終在第十八層尋得爾等。」

「你怎麼會知道要到地獄找我們？」我聽出一些端倪。

「來回地獄之道，便是在地面製造門。為避免爾等擅闖而未提及，萬萬沒想到爾等竟自行找出破解之法。」

「哇靠！拜託你們把去地獄的方法弄得複雜一點好不好？譬如說要念咒語之類的，省得又有像我們這樣的無辜小老百姓掉進去嚇得半死！」我抱怨道。「那要是我在天花板劃咧？會通到哪？」

「請恕在下無法說明。奉勸閣下千萬不可輕易嘗試。」崔判官語帶威脅道。

我噤聲，讓出談話空間給死鬼，死鬼稍微說了下我們的旅程，但沒提到那幾名小鬼所說的有犯人逃走的事。

死鬼不可能會忘記，所以說就是特意隱瞞囉？

他一隻手在背後擺了擺，示意我少安勿躁。

「閣下是否有何困難？」崔判官莫名其妙地問我道。

「要說問題，我的確很多，你想從哪個開始聽？」

崔判官眼神掃過我，道：「閣下衣不蔽體，想必人間生活十分困頓。」

靠！我這才想起，剛剛逃跑時太慌張，衣服都丟在那了……「哈啾！」

崔判官帶我們回到陰間，再度到這裡讓我有回家的安心感。

蟲哥和賤狗藏在崔判官宅邸。聽了我們的遭遇後，蟲哥非常興奮，直嚷著想去開開眼界，不過我猜他是想去學新的拷問花招。

「為什麼不跟崔判官說那個逃犯可能是盜走生死簿的嫌疑犯？」在蟲哥離開房間去幫我們打點時，我小聲地問死鬼。

「一來沒有證據，而地獄的逃犯和我們被委託的事項沒有直接關聯。」死鬼有條不紊地說。「二來，如果獄卒們的猜測屬實，那麼崔判官就也是嫌疑犯之一。為了避免打草驚蛇以及危害我們的安全，保持緘默是目前最適當的做法。」

「崔判官？怎麼可能！」我嗤笑道，「他幹嘛要監守自盜，你也太多疑了吧？」

蟲哥推門進來，手裡端了碗東西道：「小鬼，崔判官叫你喝掉。」

我探頭一看，那大碗裡盛滿了灰綠色的濃稠液體，還有不明塊狀物在其中。

「這啥東西啊?!」我噁心地別開頭。「叫他自己吃！」

「我向崔判官說你吸了那裡的空氣有輕微中毒現象，那是解毒湯，快喝下去。」死鬼一臉似笑非笑說道。

「ㄎ……」剛起了個頭我就想起這裡是陰間，不能說粗話。「你陷害我！你不也吸了很多，你幹嘛不喝？」

「我可沒有你虛弱。」死鬼立即給了我一個響亮的巴掌。「你剛剛已經出現幻覺，為了避免引發後遺症，還是要將餘毒清乾淨。你若是不喝，我就壓著你灌下去。」

「組長，我幫你抓手！」蟲哥嘻嘻哈哈地說。

你湊什麼熱鬧啊！我憤恨地瞪了蟲哥一眼，心不甘情不願接過他手上比臉盆還大的碗公。

媽呀，這東西看起來像是吐出來的餿水，而不是應該吃下去的藥。我喝了一口，馬上全噴出來。

「這鬼東西味道比嘔吐物還噁心！」

最後，還是由蟲哥按著我，死鬼捏著我的鼻子，整碗灌進我的喉嚨裡。

隔天，蟲哥再度扮成犬面人身鬼差，理由是因為被通緝中，要扮裝避人耳目。

不過我覺得蟲哥是玩上癮了，若是他這麼喜歡賤狗，乾脆把賤狗送給他好了。我向死鬼提議，他沒花一秒鐘思考就駁回了。

而我和死鬼地獄十八層一遊的事，就像伊波拉病毒一樣迅速傳播，不到一天就傳遍了陰間。說是疑似偷走生死簿的嫌犯闖入地獄劫囚，從第一層鬧到第十八層，打傷了一堆獄卒，還翻倒了地獄最廣為人知且具代表的象徵——大油鍋。

到處都能聽到鬼差討論這事，說得繪聲繪影，好像都看到我和死鬼長了三頭六臂、力大無窮似的。逼不得已，我和死鬼只得披一件斗篷蓋住臉了事。

死鬼用白色繃帶纏滿了全身，再罩上清代官服，就像木乃伊。而崔判官替我弄了頂假髮和長袍來，還在我臉上東抹抹西抹抹。

「你畫個什麼勁啊？」我問崔判官道。陰間沒有鏡子，因為鬼魂無法映在鏡子上。

「閣下所扮演之角色較為特殊，必須略施脂粉。」崔判官拿了紅色的顏料大把大把往我臉頰上塗。

「我扮演誰？關公嗎？」我只能從紅色顏料作猜想。

「非也，閣下扮演之人純粹是個瘋子。」

靠！他要怎麼把我搞得像個神經病？我伸手往頭上一摸，原來他在我頭上弄半天，綁了大朵的花和蝴蝶結。

「為什麼我不能和死鬼一樣扮成當官的木乃伊？你們分明是想看我笑話吧！」我怒吼。

看到蟲哥強忍著不敢笑出來的樣子，我就知道我的裝扮一定很誇張。

死鬼很好心地畫了張彩色速寫給我，讓我看清楚自己的尊容……根本是面目全非了嘛！我的臉上東一塊西一塊的五顏六色，加上花枝招展的帽子，活脫脫就是Lady Gaga再現，大概連我老媽都認不出來了。

「幸好你生為男人。」死鬼冷靜地做出結論。

「噗……」蟲哥把頭轉開盡量不看我。

「嗅嗚。」賤狗的意思是：真是一場悲劇。

我就頂著這丟臉丟到姥姥家的變裝展開了接下來的行程。

PHANTOM

Chapter 6

嫌犯是……？

AGENT

我們依照崔判官給的資料，找到了當天來會面的鬼差之一。他的地址在鬼差住宅區外環偏遠地帶，看來是個窮鬼。

我第一次走進紙糊的房子裡，那種搖搖欲墜的緊張感實在很稀奇。紙糊屋根本毫無遮風蔽雨功能，到處都是水漬和破洞，紙都褪色了，觸目所見皆是一片斑駁。連家具都是紙做的，漆成木頭色而脆弱不堪。我伸手往桌子上撐了一下，桌子沒發出一點聲響，安靜地垮了。

我們要找的鬼差就躺在紙糊雙人床中的大坑裡鼾聲震天。

死鬼示意蟲哥挖他起來，蟲哥非常機靈地應是，把袍子解開一點探出頭來。蟲哥，以及依然在他肩上的賤狗，無聲無息地靠近那個鬼差。蟲哥悄悄伸出一隻手，慢慢摀上了那鬼差的嘴。

在接觸到的瞬間，賤狗氣聚丹田，往那鬼差耳邊發出了驚天動地的狂吼。

房子搖晃了幾下，灰塵撲簌簌直往下掉。

那鬼差睜開眼睛，一看到賤狗離他不過幾根指頭遠的臉，馬上翻了白眼。

「笨蛋！你這麼大聲是要把其他人引來嗎？這房子一點隔音效果都沒有耶！」我小聲罵道。

蟲哥絲毫不以為意地哈哈笑道：「沒關係啦，至少人叫起來了。」

「你確定？」死鬼冷若冰霜地說。

蟲哥將手抽離，我們才發現那鬼差竟然暈倒了。

「咦？他又睡著了。」蟲哥搞不清楚狀況說。「那麼，007 你再叫他一次……」

「尚欸！你再叫他就要噶屁了啦！」我忙阻止他們。

死鬼讓蟲哥和賤狗閃一邊去，拍了那鬼差兩下，他就醒了過來。鬼差從爛紙堆裡爬起來，一臉又驚又怕。他長了張倒楣的臉，全身枯瘦得像只剩下一副骷髏黏著人皮。

「你、你們是什麼人?!」他拿起旁邊的鐵杖惡狠狠地問，但隨即就被鐵杖壓得倒回地上。

我粗聲粗氣道：「我們是崔判官指派的欽差，負責追蹤下落不明的生死簿。你要是知道什麼就快說，否則逮捕你！」

那鬼差這時注意到我，又是一副受到驚嚇的樣子。

死鬼將我推開，對他道：「這是……我妹妹，他腦袋有問題，不用理會他。」

「原來現在開始招募女性同仁了？」鬼差盯著我，看起來有些羞澀。「雖是女士，但妳的外表一定能勝任鬼差一職……」

「老子哪裡像女人！」

若非死鬼拉住，老子一定把他骨頭都拆了。

「你前幾天去見過崔判官吧？那天正是生死簿遺失的日子，我們想知道當天你和崔判官會面的詳細情形。」死鬼問。

那鬼差顫巍巍從爛紙堆裡爬出來，每踏出一步身體就會隨動作顫抖一下，相當地虛弱無力。

「我那天去見崔判官，有點事想稟報，就在會客室等他處理完工作。等了很久崔判官才出來，但我們的談話不到三分鐘就結束了。」他的聲音平板，連帶講出來的話也讓人覺得很沒分量，自然不會被重視。

「你們談了些什麼？」蟲哥問。

聽到蟲哥開口，鬼差驚訝地看了看他再看看賤狗，道：「原來那是兩個頭共用一個身體嗎？我沒見過你這型的鬼差呢！」

「他們是陰間最新開發出來的人型兵器！先用下面那張人畜無害的臉騙取對方的好感，再由上面那個恐怖的狗頭將對方一口吃掉！」我唬爛說。

「喔，想必成果不錯！」鬼差驚嘆。

「請繼續。你們談了什麼？」死鬼道。

鬼差苦著臉：「這實在難以啟齒。其實不是大事，我去要求崔判官幫我換轄區罷了。我現在負責的地區大多是荒山野嶺或海域，杳無人煙，零零落落的幾戶人家也不斷遷出。只靠鬼差的薪水在這高物價地方，完全活不下去。各位一定能理解我的苦衷吧？」

大家都沉默不語。

鬼差道：「不過崔判官說，每個鬼差所管轄的區域是固定的，重新劃分會影響到很多人，不可能為了我一人的要求而改變。」

「你還真可憐。」我衷心地說。

「我抗議說這樣子劃分太不公平了，要求申請補貼，不過崔判官也拒絕了，他說沒有編列這筆預算，以後也不可能，還說叫我等個幾百年，說不定地貌變遷或是發生了連高山都被夷平的大災難，到時候我就會增加很多業績了。」鬼差可憐地說。

我十分驚訝，想不到崔判官在公事上這麼一板一眼又毫無人情味，而他那段說詞聽起來也相當冷酷，跟我對他的印象大相逕庭。

「對了。」鬼差補充，「那天會面時，崔判官看起來一副心神不寧的樣子，神色慌張，隨隨便便地打發我走了。他的樣子真的很奇怪，就像是重要的東西掉了，或是作賊心虛。」

死鬼思考了一下，問道：「那天還有什麼不尋常的地方嗎？」

鬼差想了想，搖頭說：「沒有，最奇怪的就是崔判官了。」

我心下疑竇頓生，崔判官的行為很反常？

我們又聽了鬼差抱怨一長串生活多麼不好過之類的苦水，並承諾會將他的狀況報告給上級知道。

走出鬼差家，我問死鬼道：「為什麼他這樣說？」

「看樣子應該是有什麼緊急事態，但根據崔判官所說，那天除了生死簿不見之外，並無其他大事。」死鬼道。「而他發現生死簿不見是在晚上要交接時，那麼在那之前應該是沒有足以讓他慌張的事發生。」

「這代表，崔判官對我們可能有所隱瞞。」蟲哥接口。「他這個人相當冷淡，就連在委託我們找生死簿時，也一副漠不關心的樣子。到底發生什麼事會讓他這樣慌張？還是，其實他在那時就已經知道生死簿不見了？」

「如果他當時就知道了，為什麼謊稱到晚上才知道？」我問。

蟲哥搖頭：「不知道，通常這種情況都是想製造不在場證明或是湮滅罪證吧，說不定跟那個逃犯有關。」

記得那些獄卒說過，逃犯是在生死簿失竊當天逃走的，時間點只比晚上發現生死簿不見時早上半天。說起來，和崔判官的異狀在時間上還挺吻合的。難道崔判官就是……

沒想到問完第一個證人後，嫌疑最大的竟然是崔判官。

我突然有些失落，崔判官人還不錯，雖然把我誤認成猴子，不過也請我們吃飯，提供住宿地方，幾次陷入危機也是他及時出手援救。

但若這些都是他的偽裝呢？沒準他委託我們找生死簿也是掩人耳目、模糊焦點，我們是嫌犯的風聲就是他放出來的。

「一個人的情緒反應不能當作證據，單方面的證詞也不能完全信以為真，等我們蒐集完所有必要的證詞再做決定。」死鬼理智地說。

「如果崔判官真涉嫌其中，那他還真是深藏不露，」蟲哥摸著下巴，瞇著眼睛道，「在我們面前掩飾得倒是很徹底，完全沒破綻。」

「剛剛那名鬼差的話也不能盡信。」死鬼道。「他的話有些加油添醋，不過大部分都屬實。」

我嗤之以鼻：「那傢伙講話的時候眼睛東瞟西瞟又神經兮兮的，八成也沒打什麼好主意，說不定想靠告密撈什麼好處咧。」

環顧四周，清一色都是紙糊的爛房子，形容枯槁的鬼差像遊魂似地飄來飄去，一點活力也沒有，一整個蕭索破敗。沒想到陰間也有如此明顯的貧富差距。

驀地，那些鬼差像看到鬼一樣一哄而散。清空出來的道路前方，出現了一列隊伍。陰兵隊伍約莫三十來人，全然是和這個貧民窟不搭調的威風凜凜，身上的鎧甲閃閃發亮，都可以拿來當太陽能發電機了。

我不禁哀號出聲：「來陰間不過第二天，我們怎麼就成了人人喊打的過街老鼠？這兩天根本是在你追我跑中度過的嘛！」

一回頭，身後的路也被截斷了，另一支隊伍堵在路上防止我們逃跑。其中一人相當眼熟，猥瑣的樣子正是我們剛審問過的鬼差。

「你這王八蛋！」我怒罵出聲。這在粗話辨識機的解讀是「龜卵」的意思，我之前已經請示過了，所以現在能光明正大地罵。

我們的一號證人就站在特警隊旁，得意道：「你們是通緝犯，身為守法公民當然要報警囉。說起來就是你讓我發現你們的身分，陰間幾乎沒有女性鬼差，怎麼可能有這麼醜又粗魯的女人在大街上走來走去？」

可惡！剛剛還說這傢伙告密，沒想到告密的對象竟然是我們。

「你這抓耙子最好別被我逮到！你以為老子喜歡扮女裝？老子我的本尊可是帥得掉渣！」

話一說完，所有人馬上陷入詭異的沉默……好吧，我知道臉上化著這種妝沒有什麼說服力。這輩子大概沒這麼難堪過，我乾咳道：「這、這不重要啦！我們趕快劃條裂縫逃走。」

死鬼低聲道：「不行，那些人離我們太近了，裂縫闔上前他們就可以趕到再將裂縫劃開，跑到空間夾層裡我們根本無處可逃。」

我疑惑道：「不逃難不成要硬上？死鬼，就算你們都是藍波，沒有手榴彈應該也沒辦法對付這麼多人吧？敵我相差太懸殊了。」

蟲哥摩拳擦掌說：「雖然我很想好好活動筋骨一番，但這麼多人恐怕應付不來，還是逃走好了。」

「拜託！這要怎麼逃啊？我們根本被團團包圍了，前後是追兵，左右是建築，連條讓老鼠鑽過去的隙縫都沒有。」

街道兩旁的建築，好死不死正巧全併在一起了，沒有任何巷子。我看看地上，也沒有下水道，要不然就可以像電影一樣從地下溜了。

那些陰兵相當謹慎地慢慢靠近，將出路堵得水洩不通。之前被我們逃掉他們應該也吸取了教訓，這次就學乖了，不給我們任何機會。

等等！我靈機一動，想起幾百年前看過的一部漫畫，作者雖然休刊很久了，但他有個橋段給了我靈感。

「這些破破爛爛的房子，賤狗應該一口氣就能吹垮了吧？」我說道。「反正都是紙糊的，弄垮了讓那些鬼差們再蓋新的好了。」

「喔，你還挺有辦法的嘛！」蟲哥很是開心，大概是他體內的暴力因子甦醒了。

我們花了不到十秒鐘制定逃亡計畫，然後轉身面對追兵。有些麻煩的是，他們已經呈包圍態勢，向中間的我們漸漸靠攏。雖然已經想出法子，但追兵數量太多了，讓我有些害怕。

「乾脆叫賤狗去把這些人引開好了，我相信牠能辦到的。」我不懷好意地說。

「一般來說，擔任誘餌角色的都是最弱的，知道自己只會拖累別人，你就英勇捐軀吧。」

我悻悻然閉嘴。死鬼的語氣毫無起伏，還帶著酸死人的意味，連這種開玩笑的話都說得像是威嚇……我當然假設他是開玩笑，是否真想讓我當炮灰就不得而知了。

「走！」

死鬼一聲令下，我和他、蟲哥和賤狗，兵分兩路，同時往兩邊的房子跑。我們毫不留情地穿過層層脆弱的紙壁，所經之處皆引發連串的慘叫聲，那些貧窮的鬼差們痛哭流涕，直嚷著特警隊值勤造成他們重大損失，要求國賠。

而特警隊雖然在我們身後，不用像我們必須披荊斬棘、在前方開路，但他們厚重的鎧甲卻也變成阻礙，不僅動作變慢，那些金屬甲片也不停勾到衣服或窗簾。

死鬼弄破一面紙壁，再過去的房子開始變成石砌的了。死鬼拉住我，不從這洞口出去，卻是走旁邊的後門，然後便躲在屋後。

特警隊跑過去，毫不猶豫地從那破洞追了出去，開始在那些磚房間穿梭搜尋我們。

我和死鬼偷偷從遠一點的巷道溜了回去，因為和蟲哥約在原地會合，特警隊絕對不會想到我們竟然回去一開始被追捕的地方。

我們回到大街，街上果然一個鬼影都沒有，所有特警隊都去追人了，其他鬼差大概也怕被捲入造成更重大的金錢損失，也都跑得不見蹤影。

我們在一旁埋伏了一會兒，蟲哥和賤狗才姍姍來遲。他們好像鬧了個天翻地覆，遠遠都可以聽到他們製造出來的騷動。

我們回到空間夾層，現在反而在這黑漆漆的地方，我們才可以稍微喘息一下。

蟲哥把玩著手裡的鐵槍，和賤狗玩起拋接遊戲。他用力地將槍頭扔出去之後，道：「有這東西當然是很方便啦，只不過這是崔判官給我們的，而他現在又是嫌疑犯，有了這鐵槍，他就可以掌握我們的行蹤。是不是應該丟掉比較好？」

死鬼搖頭，「先暫時留著，遲一些再決定要如何處理。」

去找第二號證人前，死鬼決定取消我的女裝，畢竟在陰間，這種裝扮只會引來不必要的側目。真不曉得崔判官安的是什麼居心，陰間的狀況他應該是最清楚的。

這時我們對於崔判官的懷疑又加深了幾分。

第二號是個實習鬼差，比較麻煩的是他住在鬼差宿舍，在這種人口密度高的地方，我們這些通緝要犯實在不好堂而皇之地走進去，而且一樓有舍監在，所有訪客都必須登記。

「爬通風管進去呢？」我就過往經驗提出建議。

「陰間沒有四季，也不需要空調系統，建築裡沒有通風管道。」死鬼馬上駁回。

「那下水道咧？不過我要先聲明，我可不鑽下水道，你們進去問就行了。」

正好蟲哥勘查地形跑回來，舉手說：「報告，這附近沒有任何下水道，他們的都市規劃似乎不包括排水系統，連水溝都沒有。」

「那麼，就像湯姆克魯斯一樣，從屋頂上垂繩子降下來，從窗戶進去……」

「你看到任何窗戶嗎？」

哇靠，這裡是監獄還是宿舍啊?!水泥的外觀極有壓迫感，而且牆上只有小不啦嘰的透氣扇，連最瘦的我都鑽不過去，簡直跟感化院差不多。

「那我們要怎麼進去？我看倒不如在門口埋伏，等他出來就拖去荒郊野外。」我摩拳擦掌地說。

「怎麼可以動用私刑呢？」蟲哥勸阻我。

看來蟲哥完全忘記他是如何對待那個可憐的馬臉鬼差，害得人家現在都不敢露面咧！不過他的解釋是，明知犯法的事還做，給他一點教訓是應該的。

死鬼端詳著建築物，由上看到下，又由下看到上。倏地，他發現了什麼：「那是天線。」

我抬頭看，果然在頂樓邊有一支天線豎立著。

「那一定是用來偷接人間的訊號！連有線電視費用都不用付。陰間高科技得很，之前我還看過崔判官講手機咧。」

蟲哥拿出手機，驚詫道：「真的耶，在這裡還收得到手機訊號！」

「那麼，他們也要用電。」死鬼思忖道，「小重，建築物後方有變電箱嗎？」

「嗯……不確定耶，哈哈。」蟲哥很不會看臉色地笑道，「不過不用這麼麻煩啦，我知道組長想破壞變電箱對不對？我有更好的東西。」

蟲哥從口袋掏出一個四方形的黑色塑膠盒子，比香菸盒還小上一些，極為不起眼。

「這是訊號干擾器，逮捕犯人時很好用，只要打開就會干擾電視衛星或是手機基地臺訊號，雖然也很容易被反偵測到啦。他們通常會打電話請人來修理，我們只要扮成維修人員，就可以不費吹灰之力進去了。」蟲哥得意道。

我登時眼睛發亮：「太酷了，快用用看！」

蟲哥按下了開關，我們滿心期待地等著結果，不過遲遲沒有人上頂樓確認天線有沒有問題，也沒有傳出我們預期的躁動聲音。

「嗯，奇怪……」蟲哥拿著盒子左右翻看，然後突然大叫：「啊，沒電了！」

我這時非常深刻地感受到死鬼身為上司的無奈了。

死鬼像是早料到這種結果，面無表情說：「去看看後面有沒有變電箱。」

蟲哥落荒而逃。這次他將功贖罪，找到了埋在地下的變電箱。

死鬼循著線路找到了宿舍的配電盤，他稍稍拉出一條電線，那是我們目標樓層的電線。他將電線外的絕緣塑膠皮切開了條小縫，位置靠近底端埋入牆壁的部分，從那縫隙剪斷了裡面的銅線，然後將電線轉回去，看起來天衣無縫。

我們躲在一旁。沒多久，就看到有人出來確認，但他看了老半天也沒發現那條電線被動了手腳。

那人進去後，死鬼便轉頭跟蟲哥說：「你和 007 留守。若維修人員來了，無論如何都要攔住他們。」

我和死鬼算準時間，便從宿舍大門走進去，大門旁就是舍監室。

「你好，我們是來修電路的。」死鬼說道。

「喂。」我小聲提醒他。「親切一點啦，你這張大便臉別人會以為是來討債的。」

死鬼不甩我，而舍監似乎也不在意。

「喔，今天來得真快，我還以為又要拖到明天了。」

他站了起來，帶我們去後面看變電箱和配電盤。死鬼假意研究了半天，拿了工具將那些東西都拆開了。

「嗯，看來問題不是在這。」死鬼專業地說。「應該是樓上電線老舊造成短路，不過詳細情形我要上去看看配線才知道。」

舍監毫不懷疑地領著我們上樓。上去之後，他便找藉口離開，匆忙回去看電視了。剛經過舍監室時，我看到電視上正在播放歐洲冠軍杯小組賽，而且還是現場直播。

我們換下了罩在外面的袍子，躲在樓梯間注意這層樓的動靜，走廊上靜悄悄的，宿舍內部看起來很普通，就像一般破爛的學生宿舍。

找到了第二號鬼差的房間，我問死鬼道：「要怎麼跟他說？我們來修電線，然後打量他？」

「直接說明來意就行，要是他不合作再想其他辦法。」

死鬼敲了敲門，門隨即就開了，不過沒任何人……不，有一雙腿！我認出有一雙極長的腿就站在門口，他的小腿就到我胸口這麼高了，再上就只看到一截大腿和短褲，其他部分都在牆後。

那兩棵長滿毛的椰子樹緩緩動了起來，對方彎腰下來，出現在門口的是一個看起來極為年輕……且高大的人。

「找我？幹嘛？」他嘴裡啣著支筆問道。

我尚未從驚嚇中清醒，只能瞠目結舌地看著他的身材。死鬼倒是泰然自若地說：「警察。我們有些事想請教你。」

第二號鬼差不疑有他就讓我們進去了。

進了房間才知道鬼差宿舍十分人性化，雖然門口高度是統一規格，但房間裡卻是超挑高的天花板，足足占據了四層樓，讓這鬼差能直立行走。

據我目測，他的身高大概五公尺，但寬度厚度卻和我差不多，頭顱也是一般人size，身材比例極其詭異，就像是《聖誕夜驚魂》裡的傑克一樣。

「不要客氣，請坐。」他指了指旁邊的床鋪，「我房間裡沒有其他椅子，不好意思。」

我費了九牛二虎之力都爬不上他的床，因為他房裡所有的家具都是依照他的身材比例製作。高個子提著我的後領幫了我一把。

「謝、謝謝……」我氣喘吁吁地說。

「我們是臨時成立的特搜組，隸屬於十殿閻王麾下，專門調查生死簿失竊事件。」死鬼正色道，「你在當天接觸過崔判官，我們有必要了解詳細情形。」

高個子坐在書桌前，翹著二郎腿道：「是喔，我該不會是嫌疑犯吧？」

「那要視你的證詞而定，請據實以告。那麼，請你說明當天見崔判官的原因。」

高個子歪著頭道：「嗯……我那天是去找崔判官討論這學期的成績問題，他是我的指導教授。下午去閻王殿找他，在會客室等了一下，我前面那個人看來跟崔判官談得不是非常愉快，都聽得到他在裡面大呼小叫，沒多久他就出來了，臉超級臭的。」

……那個抓耙子說得也不盡然屬實，他倒是把自己說得像是被崔判官欺壓的善良老百姓一樣。

「我是想跟崔判官求情，因為我出席率不夠，期中考也考得不好，報告從人間網路上直接複製下來又被抓到了，所以囉……」

媽呀，這不就是最普通的大學生涯嗎？

「我跟崔判官說，因為我體弱多病還要半工半讀，所以荒廢了學業……不過當然是假的啦，我們兩天一聚餐，三天一夜唱，一星期聯誼兩次，哪還有時間念書啊？」

……這傢伙實在有夠欠揍！連死鬼都一副懶得理他的樣子，這時候我們大概也可以確定了，他絕對沒有能耐去偷生死簿。

「不過崔判官不相信。他說，我這學期要通過的可能性只有一個，就是期末拿兩百分，這樣平均起來才有可能及格。滿分也才一百，他這樣說等於是我這學期死當了。」高個子忿忿地說。

「活該。」我小聲地說。

「當天有任何不尋常的事嗎？」死鬼冷冷地問。

「嗯……」高個子看著我們，臉上惶惶不安。「我不會有麻煩吧？」

死鬼沉聲道：「你儘管放心，只要據實以告、不加油添醋，十殿閻王會保證你的安全。」

我白了他一眼，心想這傢伙也挺能招搖撞騙。

高個子舉起骨瘦如柴的手放在嘴邊做了個傳聲筒的樣子，小聲地說：「你們或許以為是我記恨，但崔判官一定有問題。」

我倏然一驚，關鍵果然就是崔判官！

「他那天超～級奇怪的，平常都板著一張臉上課，不過那天他看起來很……欸……慌張？還是心情沉重？隨便啦，反正那天的崔判官很凶就對了。他平時都毫無情緒起伏的樣子，就像機器人。那天肯定發生了什麼事，我猜是他內線交易被逮著了。你們也知道崔判官多有錢，他的錢都是從炒股來的，但你覺得他有任何一點像是股神巴菲特嗎？一定是內線交易，無庸置疑。」高個子幸災樂禍地說。

崔判官的家產多寡我並不關心，但沒想到他也是個裝作簡樸，實則捲金如土的傢伙，心裡不禁充滿鄙夷。

回到我們之前的想法，假設逃犯策劃逃亡的資金是崔判官提供的，本想弄得神不知鬼不覺，但沒想到逃走時引起這麼大的騷動。

所幸的是，那些獄卒們為了逃避責任追究，竟然隱瞞犯人逃走的事實，所以才未曝光。否則，陰間一定會全面通緝這傢伙，到時候崔判官是幕後黑手的事就會被揭露。

「我不斷求崔判官手下留情，跟他廬了老半天，但他好像有急事，很快就把我趕走了。要不然平常他會面無表情，默默地看你不停地說，最後才表示沒有商量的餘地。真是浪費人家口水，不想給我們過就早點說嘛，省得……」

高個子口沫橫飛地說著崔判官的壞話，我和死鬼無奈地聽著。

「他很凶地趕我走之後，就急急忙忙叫下一個人進來，似乎很迫切地想要見他。這是什麼差別待遇嘛，那人八成是證券交易委員會的。」

死鬼打斷他，問道：「另一個人？在你之後還有其他人見崔判官？」

我記得沒錯的話，崔判官說他當天只會見了兩個人。

「對啊，他是最後一個了。」

「你知道他們的談話內容嗎？」

「嗯，我記得有聽到他們說什麼『趕快把東西拿出來』，還有『情況危急嗎』之類的吧……大概是這樣的內容。我猜是買人間的股票結果遇上全球股災，一定損失了很多。」高個子一廂情願地認定崔判官炒股失利。

「你有見到對方的長相嗎？」死鬼問。

「我只看到他的頭頂，我記得他的頭超級大，其他都沒看到了。對了，若是崔判官被抓了，那他的課學分還作數嗎？我覺得他沒資格教學生，應該讓我們歐趴……」

死鬼隨便敷衍他兩句，我們就離開了。

溜回樓梯間的地方，我們換回剛脫下的工人袍。

「這樣聽起來，幾乎可以百分之百確定是崔判官了？」我問。「這傢伙竟然敢晃點我們這樣跑來跑去，不怕查出是他做的？還是他想栽贓其他人卻沒成功，所以就讓我們到處惹是生非、增加嫌疑？」

「這些無從得知，除非本人願意解釋，或是找到他犯案的相關證據，否則……」

「那簡單，乾脆我們將他抓起來逼供！」我陰森森地說。

「你想崔判官有可能被我們抓住？要是他不願意說，沒人能逼他開口。」

我沉思著。崔判官是高階的神職，等級和一般鬼差相比，就像是蝦兵蟹將和終極BOSS的差別，我們的確不可能應付得來。

我們從樓梯大方地走下來，而舍監則投入在足球的狂熱氣氛裡，完全沒發現我們的存在。溜回建築物後方，卻不見蟲哥和賤狗。

死鬼瞇著眼睛說：「在那裡。」

地面搖晃起來，我站起身往死鬼所說的方向望去。遠處一片黃沙漫天、萬馬奔騰，在沙暴中隱約看得出來一堆人在追著什麼……是蟲哥和賤狗！

看到我們，蟲哥扯開喉嚨大喊：「對不起，我搞砸了！」

我和死鬼連嘆氣的時間都沒有，趕緊拔腿就跑。我邊跑邊大喊：「你們到底又做了什麼啊？既然被追殺了就應該跑到別的地方，竟然還回來連累我們！」

「說來話長啦！我想說無論如何都應該回來向組長報告一下嘛。」

「死鬼，你會不會後悔當初沒有趕他們回陽間？」

「……」

我們好不容易擺脫了追兵，躲在那座枯樹林裡。從剛剛開始，我們都有意無意地避免使用崔判官給我們的鐵槍，看來大家都有所存疑。

對於蟲哥和賤狗幹出的蠢事，死鬼沒說一句譴責的話，只是目光又冷了幾度，嚇得蟲哥皮皮剉，連解釋都不敢說。

我和蟲哥說了第二號證人的證詞，他也覺得崔判官有很大的問題。

「假設崔判官真是這一切的源頭，那麼他為什麼要偷生死簿？而且是在他保管期間遺失的，到時候要追究責任他也跑不掉。」蟲哥雙手抱胸靠在樹上。

「沒了生死簿，鬼魂滯留在人間無法投胎，這樣對崔判官有什麼好處？難道他想趁這機會起兵造反，然後稱霸陰陽兩界嗎？」我苦苦思索，還是只能從漫畫中尋找答案。

「那個崔判官特意隱瞞的人是誰？會不會就是逃犯？因為成功脫逃了所以來向崔判官稟報，然後崔判官就將生死簿交給他，讓他去藏起來……」蟲哥煩惱地搔著頭。

「乾脆直接問他好了，出其不意、克敵制勝，突然被問到一定會沒有防備，要是他露出心虛的樣子，那大概就八九不離十了唄。」

「要是這麼容易，破案率就不會這麼低了。」死鬼潑冷水道，「況且，如果崔判官真如我們所猜測，他絕對不會輕易露出破綻。」

蟲哥若有所思地說：「我一直都覺得崔判官怪怪的。我記得在民間故事裡的崔判官似乎不是好人，貪贓枉法，趨炎附勢，好像為了拍不知道是誰的馬屁還竄改生死簿。看來民間故事說不定有其真實性存在。」

「唉，虧我一直以為他是好人。」我感嘆道。

賤狗狂吠起來，我自然而然地抬頭看，沒想到就看到崔判官站在不遠處，正漠然地看著我們。

靠！神不知鬼不覺地又出現了，我都忘了他還有這一招。如果他想置我們於死地，我們八成連自己啥時死了都不知道。

我和蟲哥對看了一眼，心想完了，說人家是非被抓包了，崔判官要是知道我們發現他的罪行，不知道會不會抓狂。他動手的話，我們都只能準備下地獄了。

崔判官眼睛掃過我們每人身上，開口道：「在下適才得知通緝犯行蹤暴露，因此前來確認諸位是否安全無虞。」

他的表情鎮定，語調波瀾不驚，應該沒聽到我們對他的懷疑？

我乾咳了一下，說：「崔判官，我有件事想問你。那天你說下午接見了兩人是吧？一個是要求調職的鬼差，一個是實習鬼差，除了他們兩人，真的沒有其他人了嗎？」

「確無。」崔判官不疾不徐地回答。

我睜大眼睛想從他的臉上看出些端倪，但他掩飾得很好，眼神都沒閃爍一下。若高個子鬼差沒唬爛我們，就證明了崔判官在說謊。

死鬼把這一切都看在眼裡，擺擺手示意我別再多問，然後對崔判官道：「就我們目前的調查，還沒辦法掌握完整的證明。我們需要再多一點時間。」

崔判官毫不猶豫地點點頭，似乎沒發現我們對他有所戒備。

「請諸位詳查，找出生死簿及將其盜走之犯人。」崔判官停頓，臉上浮起一個詭異的表情道：「另外，請務必注意安全，近來風聲鶴唳，若被特警隊逮捕，我尚可藉自身職權為爾等脫罪。若落入其餘人等之手，興許無法完好歸來。」

崔判官若有深意的話讓我有些不快，像威脅一樣。我搖搖頭，暗想著：老子不是被嚇大的，你不要誣陷我們就要謝天謝地了。

情會露餡。

死鬼和蟲哥若無其事地應承崔判官，還一邊將我拉到後面，擔心我臉上僵硬的表

崔判官離開後，我拿出藏在懷裡的鐵槍頭道：「這個，丟掉吧！」

蟲哥看看死鬼徵詢他的意見，死鬼沉默地點了頭，我拿著那東西在空中劃下去，出現了一道慢慢張開的裂縫，另一頭是只有黑暗的空間夾層。

我舉起手將鐵槍頭用力擲去，馬上就被黑暗吞噬得不見蹤影。

裂縫緩緩闔上，我本來想趁機把賤狗推進去，但被牠識破我的陰謀。死鬼在一旁冷眼看著賤狗追著我咬，毫無伸出援手之意。

「我們現在要做什麼？」我摸著屁股問。

「當然是要揪出崔判官的狐狸尾巴囉！我們已經沒退路了，到時就挾持崔判官當人質好了。」蟲哥笑嘻嘻地說。

Chapter 7

跟監行動開始

「情況如何？」我問。

這是間陰暗的屋子，室內沒有任何家具，所有的窗戶都緊閉著，窗簾也拉起來，從外面完全看不進來。只有窗簾上割了個圓形小洞，剛好夠望遠鏡鏡頭從那探出。蟲哥躲在窗簾後，正全神貫注地監看對面的房間。

「目標暫無動靜。」蟲哥注視前方說道，深怕漏看了一點線索。「尚未與可疑人物接觸。」

我走到蟲哥旁邊坐下，說道：「這裡交給我，你先回總部做調查進度報告。」

「是。」蟲哥恭敬地行禮，起身收拾散落一地的文件和照片。

「砰！」門猛然打開。

我跟蟲哥趕緊退到光照射不到的陰暗角落。敵在明、我在暗，是跟監搜查的最高原則。我們握緊了手中武器，屏著氣息等待敵人自投羅網。

一個人影背光站在門口，看不清他的面貌，但體型和我們的目標有些相似。我和蟲哥互視一眼，等我打暗號就衝出去制伏他。

「你們玩夠了沒？」

那人冷冷說道。

了。

　　頓時，陰暗的屋子變成樹林，我們好不容易醞釀出來的劍拔弩張氣氛一下子消失了。

　　我和蟲哥慢吞吞地從一棵樹旁站起，蟲哥還不小心踩了我一下。

　　「我們只是在練習如何跟監咩。」我咬了口手中的武器——一根蘿蔔——說道：「你們跟監時都只能吃這種東西？太寒酸了吧，經費不夠嗎？」

　　蟲哥馬上否定：「才沒有，我們都叫外賣。」

　　「這種練習的意義何在？閻王殿沒有任何可供窺視的窗戶，崔判官的官邸周圍也不會有待出租的屋子可讓你們躲藏。」死鬼面無表情。

　　我搖頭嘆氣道：「這你就不懂了，不是有一句話說什麼在下雨前就先準備雨傘之類的。」

　　「未雨綢繆。」蟲哥好心地提醒我。

　　「對啦，所以我們要先做好演練，等一下蟲哥還要教我怎麼制伏犯人，不過我覺得最有效的招數還是要出奇制勝……」

　　迫於死鬼的淫威，我和蟲哥只好先暫停警察訓練課程，展開跟蹤崔判官行動，代號是「直擊！崔判官的私密生活，一天二十四小時毫無保留地披露」。我和死鬼一組，賤狗和蟲哥一組，兩組輪流盯梢。

我們不能以真面目大剌剌在外面走動。一般好萊塢電影的變裝方式，最普通的不外乎戴假髮、墨鏡和鬍子，高級一點的就是改變體型、瘦子裝成胖子。

「死鬼，我想我們應該要突破傳統。」我正襟危坐，相當認真地說。

「噢。」死鬼的回答一聽就知道他很不以為然。

「只換衣服就想躲過敵人耳目，這實在太天真了！但是戴假髮或裝鬍子這種，又顯得我們的思考方式像那些沒腦袋的動作片肌肉男。」

「對啊。」蟲哥在一旁插嘴。「你如果貼鬍子，看起來就像是小孩子嘴巴上黏到海苔。」

「我不是這意思！」我火冒三丈說。「總而言之，我有個萬無一失、絕對可行的好方法。」

「是什麼？」相反於死鬼的冷淡，蟲哥非常捧場、興致勃勃地問。

「那就是……我們扮成夫妻！」

「……」

我看到蟲哥露出索然無味的樣子，得意道：「我就知道你們一定都想錯了。這一次，我扮老公，死鬼扮老婆！」

蟲哥張大了嘴，下巴都要掉到地上了；賤狗也停下追逐落葉的行動，臉皮全垮下來了。

「喔？」死鬼倒是沒如我預料中的反應，反而很有興趣的樣子，但接下來的話馬上澆了我一頭冷水：「我拒絕。」

「你再想想嘛，這方法一定可行。為了大局你應該要有忍辱負重的精神啊！」我滿心期待地問。

我心裡偷笑，科科科……他們全都中計了。死鬼扮女裝一定很慘不忍睹，到時候我就等於有了他的把柄，要藉機好好取笑他，然後讓我們之間的不平衡關係劃下句點，不能再任由他擺布、予取予求了！

良久，蟲哥爆笑出聲：「哈哈哈哈哈，笑死我了，組長扮老婆?!那豈不是像金剛芭比？你們兩個走在一起，會像富婆和小白臉吧！」

「我倒覺得會像太后和小李子。」死鬼相當客觀地發表意見，彷彿要扮太后的不是他。

被他們這樣取笑，我十分不爽地說：「呿！反正你就是不想扮對不對？」

死鬼正色道：「我並非不願意配合，而是目前情況不允許。第一，你應該也知道陰間陽盛陰衰的情形，扮成女性只會引起無謂的注目；第二，我的體型並不適合扮成女性，相同的，這樣只會招來更多懷疑。」

蟲哥在一旁點頭稱是，狗腿極了！雖然賤狗沒有表態，但我想牠一定不會願意看到牠最敬愛的主人扮女裝。少數服從多數，我也不好意思堅持，只是讓死鬼變成我的奴隸的計畫泡湯了，不過……

「我還有另一個點子！」我急忙說。「就像武俠小說一樣，扮成駝子好了！而且為了有效避過敵人，就要減少我們曝光的機會，太多人一起行動容易引起注意。」

「你的意思是要扮成駝子單獨行動？」死鬼一臉好笑問道。

「才沒這麼簡單。我的想法是，我趴在你背上再罩上袍子，這樣看起來就會像駝背了吧？而且還可以增加你的體積，你再把頭髮剃掉、黏上鬍子，搖身一變成了個禿頭駝背的中年發福怪叔叔，很完美吧？」

死鬼毫無反應，只是看了蟲哥一眼。我正奇怪著他們在用眼神傳達什麼訊息，蟲哥突然笑嘻嘻地說：「我說啊，不如你來扮會更有說服力喔。禿頭駝背的發福少年怎麼樣？」

「欸?這哪裡適合?怎麼想怎麼奇怪。」我噁心地說。

「當然不會。像這種反差很大的樣子,雖然會引起注意,但有反面效果,大家會想:這什麼怪傢伙?但絕對不會想到你會是通緝犯!」蟲哥說得頭頭是道。

「……真的嗎?」我狐疑問。

「當然!」蟲哥拍著胸脯打包票。

「沒時間了,我們先來演練。」死鬼道。

蟲哥自告奮勇趴在我背上,要我先背著他走幾步路。

我勉強負著他,才踏了兩步就覺得舉步維艱。

「哇靠,你還真重!」我哀號著。

根據粗話辨識機的解讀,「哇靠」是一種發語詞或感嘆詞,類似於「天啊」,所以不算粗話;而單說「靠」或是「我靠」,則和「我操」同義,就會被抓了。

死鬼站在一旁說道:「為了大局,你應該要有忍辱負重的精神啊。」

蟲哥在背後竊笑,我才恍然大悟,原來他們竟然聯合耍我!

「喂!你這胖子壓死我了,快走開啦!」

蟲哥爽快地下去,死鬼倒是不放過我,冷笑道:「怎樣,你還想扮駝子嗎?」

「老子不玩了啦！」我罵道。

「老子」用於自稱，表明自己是對方的父親，在粗話辨識機的判斷，這也不算粗話，因為並沒有侮辱對方的父親之意，頂多只能算搞不清楚自己的兒子是誰。

隔天，我們正式展開行動。

我和死鬼換回我們原本的衣服，之前的變裝全部拋棄，這是為了能潛入閻王殿。

「死鬼，你不怕被抓？」我忐忑不安地問。如果不變裝，感覺就像赤身露體面對大庭廣眾般讓人不安。

「這是潛入閻王殿的唯一辦法。一般鬼魂要進去，除非是接受審判，或是由鬼差帶領，否則沒辦法通過那扇門。」死鬼溫言道。

「那我們乾脆扮成鬼差就好啦！或是像上次一樣，隨便抓個鬼差叫他帶我們進去？」

「情況不同，之前我們有崔判官撐腰，但現在他是我們的調查對象。而扮成鬼差也行不通，那道門可以自動辨識欲進入之人身分，必須要有資格符合的人領進去。我們強行闖過，到了門口就會被拆穿。」

「那也應該……」我支吾地說。

「所以，扮成要接受審判的人是最妥當的，也是唯一能進入的方法。」

「可是生死簿下落不明，那些亡魂應該沒有人引渡來陰間啊，怎麼會有人要去閻王殿？」

「你瞧。」死鬼胸有成竹地說。

經過觀察，果然如他所說，還是有鬼差帶著手足無措的亡魂們魚貫而入。

「雖沒了生死簿，但亡魂引渡仍不可停擺，現下政策是找到幾個是幾個。」死鬼沉聲道。

「……我瞭。」

我和死鬼埋伏在附近，那條是要去閻王殿的必經之路。過沒多久，就看到一長串的犯人步履蹣跚遠遠走來。

我們等在一旁，看到了隊伍盡頭，就溜出去跟在後面。死鬼撿起拖在地上的鐵鍊捆在身上。

我忍不住抬起頭看看前面的人，應該都是不久前離開人世的，身上都是臨死前所穿著的衣服，有人穿著睡衣，有人衣衫襤褸，大部分的人都穿著醫院病服，不過臉上都是千篇一律的迷惘恐懼。

那、那人是……！我趕緊低下頭，扯著死鬼的衣袖慌張說：「死鬼，你看那傢伙是不是那一個啊？」

死鬼微微抬起頭，有一人似乎在確認鬼魂們的狀況，慢慢向後方走過來。

「那坨爛泥巴很眼熟，是不是當初帶我們下來那傢伙？」我緊張地說。

死鬼低下頭道：「的確是他。」

靠，也太衰小了吧！這麼多人要去閻王殿，我們偏偏就混入這一隊列。說起來我們的關係可能有點尷尬，我和死鬼既是他的金主又是通緝要犯，若是他逮了我們，等於就供出自己收賄帶人下來的事實，不過他也可能藉此將功贖罪……既然如此，乾脆一不做二不休，在他察覺之前就先發制人！

不過想歸想，這裡是酆都中央，大概連踩到狗屎這種小騷動都會引來特警隊。

死鬼看見我臉上的凶惡表情，大概知道我在打什麼主意，小聲道：「不要輕舉妄動，聽我的指令。」

我按捺著衝動，膽戰心驚地看著那坨鬼差緩緩走向我和死鬼。

幾天沒見，他身上的黏液依然旺盛地流動著，雖然看似濕黏黏的，卻完全沒沾到地上，他走過的地方依然乾淨如昔，不像蛞蝓會留下一條黏液的足跡。

他就這樣繞過我旁邊流到後方，可能是想從後制伏我們。不過他流到死鬼後面，再從他旁邊流向前去，完全沒有對我們動手的意思。

「看來他是認錢不認人。」死鬼低聲說。

呼……我還以為可能又得花一筆錢堵住他的嘴咧。不過，我們依然不敢掉以輕心，緊繃著神經提防隨時可能來襲的攻擊。

一路下來，那鬼差經過我們身旁好幾次，奇蹟似地都沒認出我和死鬼，我們跟著隊伍到達閻王殿，轟隆一聲，門自動開啟，鬼差領著我們走進去。

如果被認出來就罷了，就怕那扇門感應到我不是亡魂而是生靈就關上了，被夾到可不是好玩的。

我將身體盡量貼近前面的亡魂，把手腕上的鐵鍊纏得更緊了些，希望可以藉此混淆大門的判斷。

只差一步，我抓著死鬼一起踏過了門檻。隨即，大門就在我們身後關上了。

「我一直在想，若是被夾在門中間等特警隊來抓，一定丟臉到家。」我心有餘悸地說。

「你這樣黏著我就不丟臉？」死鬼對著像八爪魚巴在他身上的我道。

我憤憤地放開了手，解釋道：「我只是想說要是被夾住了，可不能讓你有機會先跑，丟臉就要一起丟臉咩。」

死鬼解開縛在我身上的鐵鍊，然後我們就脫離隊伍躲到一旁。

「這些人都是要送到崔判官那的，我們就直接跟著他們。」死鬼注視著亡魂前進方向道。

「肖欸！你倒是說說要怎麼跟？保證馬上就會被看到，笨蛋！」我罵道。死鬼不知道是否神智不清了，這麼蠢的意見也提得出來。

死鬼面不改色，伸手捏著我的下巴硬往上抬：「你先看清楚。」

「……尼叫偶看喪面捉色摸？」我口齒不清地說。

「那些橫梁你看到了嗎？」

閻王殿的屋頂極高，高得根本看不見，不過的確可以看到半空中縱橫交錯的粗大橫梁。

「那些橫梁貫通整個閻王殿，我們就從上面去。」

「幹……什麼啊！」我趕緊將聲音吞下去，小聲道：「你有毛病啊？那比一〇一還高吧！我敢打賭那上面一定都是老鼠的巢穴！」

不過除此之外，的確也沒有其他辦法了。死鬼生了條繩子出來，一端綁著他，一端綁在我腰上，然後選了根角落的柱子往上爬。因為柱子上雕刻著繁複的花紋，手和腳很容易施力，輕輕鬆鬆就爬上去了。

只是爬了一段之後，我就開始覺得頭暈目眩、手腳發軟，大概爬了有三層樓高，看下去都模糊一片了。

「你有懼高症？」死鬼問。「之前也沒見你這樣。」

我攀著柱子含糊地說：「任何一個正常人綁條繩子就要搏命演出都會跟我一樣。更何況，我之前爬那麼高還是靈魂在人間的狀態，而在陰間，摔下去也是會痛的吧？」

最後，還是死鬼托著我，我才平安爬上那高得不像話的橫梁。我趴在那上面，努力說服自己，橫梁這麼粗，不可能會掉下去的，但身體卻不聽腦袋的指揮，兀自瑟瑟發抖不已。

死鬼站在橫梁上，迎風顧盼的樣子很是瀟灑……等掉下去就知道了！

我非常憋屈地爬在死鬼身後，而因為彼此有繩子聯繫著，死鬼每走幾步就不得不停下來等我。

到了偏殿，底下的亡魂們站成一排，輪流上去接受審問。兩旁站滿了臉比鍋底還黑的高大鬼差們，光氣氛就讓人不寒而慄。

「報上名字和生辰八字，並說出你犯過的罪。」崔判官威嚴地說。

堂下的亡魂開始說自己從小到大犯了哪些罪，偷媽媽皮包裡的零錢，在背後說上司的壞話，將吃喝玩樂的錢假報公帳，騙上司要回老家奔喪但其實是去旅遊……林林總總，一些雞毛蒜皮的小事也全說出來，一個人就能花上幾小時。

我心裡盤算著，如果要這樣一一列出自己的罪狀，講上三生三世都說不完。

終於告一段落，崔判官嚴肅地問：「只有這樣？」

伏在堂下的人像是被雷劈到般抖了一下，趕緊又說出他剛剛「不小心」忘掉的事。

聽完之後，崔判官手上毛筆揮了兩下，便宣判這人應得的懲罰：拔舌，走針山，服刑期滿五十年後重新進入輪迴投胎。

……我還在想沒了生死簿要如何審判，原來是用這種自己坦白的方式。

我小聲問：「這樣子不怕有人說謊？」

「這種情況下，你敢說謊嗎？」死鬼反問。「若是被發現說謊，後果恐怕會比本來的懲罰慘上好幾倍。更何況他們不知道記載一生功過的生死簿下落不明。」

下一個人上來，又是同樣的模式，不過這傢伙長得人模人樣，一身西裝革履，犯下的罪行卻連禽獸也不如。崔判官乾淨俐落地將他發配第十八層地獄，永世不得超生。

不過我現在對於地獄的執法能力不太信任，給點錢就可以騙得獄卒團團轉，重刑犯都可以從那裡逃出，我看關在惡魔島還比較實在。

光審問這些亡魂就花去大半天的時間了，崔判官不厭其煩地一個個聽，連踩到螞蟻這種屁大的事也被揪出來。

好不容易都解決了，崔判官直接在辦公桌前解決午餐，連餐廳都沒時間去。這段時間，所有來找過他的人都只是短暫地匯報，並無任何特別交談或是傳遞訊息的動作。

用餐後，崔判官起身又要去戰場和另一邊叫戰。這種無聊的事，在陰間大家倒是都玩得挺樂的。

我和死鬼在橫梁上如影隨形跟著崔判官，礙於他動作很快，我也不得不站起身走，只是速度比爬行沒快上多少。

「喂，你別跟太近啦！要是被發現就吃不完兜著走了。」我提醒死鬼。

「不會。」死鬼頭也不回說道。

「對啦，你說的都對啦！不要到時後悔沒聽我的話。」我撇嘴說。

我忙著和死鬼拌嘴，沒注意到崔判官即將跨過大門，而門已經在他身後漸漸闔攏，我驚慌大叫：「門要關了！」

這時，我不曉得是發了什麼神經，瞬間覺得渾身上下充滿著要達成任務的使命感，這念頭慫恿我快點追上去。

「等一下！」死鬼叫道。

我完全沒理會他，只想著門要完全關上還需要幾秒，我應該能把握這時間。我一時腦充血，竟然毫不猶豫地縱身一躍！

腳離開橫梁的剎那，我馬上明白自己幹了什麼蠢事，不過後悔已經來不及，我只能一邊慘叫著，一邊疑惑電影裡看起來輕鬆愜意的高難度動作是怎麼辦到的，希望我的犧牲能有一些價值……

「砰！」

這是門關上的聲音，而我撞上門的力道與之相較實在微不足道，以至於完全被埋沒了。

我頭下腳上摔在地板與門的交接處，宣告這次行動失敗。

死鬼的腳出現在我面前，這傢伙竟然在千鈞一髮之際解開了繩子，所以沒被我拖累。他蹲下來檢查我的傷勢邊罵道：「你覺得自己還不夠愚蠢？這該不會是你打電動學來的自殺攻擊？」

「我覺得脊椎好像裂成好幾段了……」我氣若游絲地說。

「人的脊椎本就有三十三節，死不了的。我倒是希望摔一下能讓你的腦子正常點。」死鬼毒舌罵道，「真該慶幸你是在成為靈魂時發瘋。下地獄之所以痛苦，就是因為靈魂能保留身為人時的感官，卻永遠死不了。你現在應該明白了？」

「我還不是為了追崔判官！你動作太慢了，門都關上了，我們要怎麼出去？」我辯駁道。

死鬼撫額，似乎已經完全對我絕望了。「這門管進不管出，何時要出去都可以。」

我啞口無言。原來我的犧牲全白費了。「你幹嘛有屁不早放?!」

雖然我現在身受重傷，但千萬不能跟丟崔判官，只好忍著全身像是散了架的痛苦，一跛一跛追上去。

路上人挺多，見我虛弱的模樣都投以注目禮。死鬼無奈地背起我，然後用大袍子罩住。雖然不太值得，但我最初想著要整死鬼的方法終於成功了。

到了戰場，我們就能藉由混在人群中將之間的距離拉到最小。

站在崔判官旁，見他依然面無表情、冷淡指揮眾人，彷彿這場戰爭和他無關。只有在需要他說話時，他才會顯得比較激動的樣子。他的表現和那些狂熱的鬼差們，形成壁壘分明的界線。他除了命令群眾之外，和其他人完全沒有交談。

「這種孤僻的傢伙看似無害，不過心理扭曲得很。」我附在死鬼耳邊說，「腦袋裡一定都充滿著毀滅世界的想法。」

死鬼目不轉睛緊盯著崔判官。「不要胡亂揣測，這是偏見。你再動來動去的我就扔下你。」

我不安分地動了一下，被死鬼背著不用走路很輕鬆，但袍子罩得密不透風，我都快憋死了。

鬼差們的敦親睦鄰活動並未持續很久，沒一會兒就解散了。這時，麻煩來了，為數眾多的鬼差都往同方向走，看起來就像是非洲火蟻傾巢而出要去殲滅敵人。

死鬼勉強才能跟上崔判官，一方面還要顧慮我，怕我被人潮壓迫到傷處。

袍子上只有一個小洞讓我能看到外面的狀況，為了避免我顯得無所事事，我努力指揮死鬼：「跟緊點，崔判官已經走很遠了耶。」

這時，一個走路不長眼的鬼差撞了死鬼一下，而我正好講得興高采烈、口沫橫飛，還比手劃腳起來，所以沒抓穩就滑落下去。

死鬼急忙反手撈住我，我則手忙腳亂想爬回他背上，但被布纏著根本看不清楚，只能隨便抓住能施力的地方硬撐著身體。

死鬼全身罩在袍子裡，這一連串的動作也在袍子下進行，是不至於啟人疑竇。只是一名鬼差看死鬼扭動個不停，關心地問：「兄弟，你沒問題吧？」

死鬼鎮定地說：「沒事，只是東西掉了正在找呢。看來應該是掉在哪了，我回去再找找。」

死鬼回絕了那名鬼差的好意，堅持自己找就行了。所幸人潮很快地散去，我手一鬆就掉出袍子了。

「崔判官呢？」我伸手扯開襯衫釦子喘氣道。

「託你的福，跟丟了。」死鬼轉身面對我，臭著臉說。

「笨蛋，都是你沒抓好啦……啦……」

我講到一半就發現大事不妙了。一個人站在死鬼身後不遠處，臉上的表情很清楚地說明，他已經看到這一切了。

死鬼看到我臉色有異，隨即就發現了那人。他一個箭步跨到我身前，提防著那朝我們走來、一臉不懷好意的傢伙。

那人臉上盈滿笑容走近，停在死鬼前面。

我心裡暗想：你笑屁啊？該不會想著我和死鬼的懸賞金多少吧？我握緊拳頭，等著賞這傢伙幾頓。

那人看著我，似乎在期待什麼，見我遲遲沒反應才苦笑道：「你忘記我是誰了？」

「誰知道你這老頭子是誰？」我毫不客氣地罵道。

那人臉垮了下來，一臉哀怨地指著自己：「我、我是賞善司……你前天不是被當成間諜關起來？就是我救你的。」

咦？我仔細一看，這大叔的臉果然如印象中的平凡無奇……呃，其實我不太記得了，不過他這一提我倒是想起了這號人物，衣服也還是那套古代官服。

「是你啊，大叔，我還以為又是一個抓耙子呢，抱歉沒認出你來，哈哈哈。」我完全不感抱歉地對判官大叔道歉。誰叫他長得這麼路人？

「沒關係，我習慣了。」判官大叔故作開朗說著。

「死鬼，這個歐吉桑……啊，是大叔啦，他救了我，要不然我可能會被綁在柱子上，像中世紀女巫一樣被燒死咧！」我向死鬼介紹，然後轉向大叔：「大叔，這是死鬼，是我罩的。」

「我們不會那樣處刑啦……」賞善司辯解，「你好，我是四判官之一的賞善司。」

死鬼向他鞠躬道：「謝謝您救了這傢伙，其實沒有必要的。」

「哈哈，你是他的監護人？」他摸著山羊鬍笑呵呵道。「對了，你們明目張膽來這裡，應該很危險吧？」

我悚然一驚，心中殺意頓起，暗自琢磨著若事跡敗露，就只能讓死鬼處理他。「大叔，你知道我們是通緝犯？」

賞善司聳聳肩，撢撢沾到鬍子上的草絮說：「整個陰間都鬧得沸沸揚揚，誰不知道？不過你放心，崔判官吩咐過我，你們四位通緝犯是他委託尋找生死簿的人，不過這點目前必須保密。」

「陷害我們的就是崔判官咧。」我嘀咕說。

「什麼？」

「我說……唔！」死鬼用力抓住我的衣襟，我被勒得說不出話來。

死鬼對賞善司道：「我們目前還未有什麼進展，如果有任何消息，會立刻通報。」

一聽就知道是敷衍了事，不過賞善司並未起疑，還很誠懇地說要幫我們。

他們寒暄了半晌，等嘮叨的大叔走離開，我們便循著原本預計的路去追崔判官。

「幹嘛不跟大叔說？他是好人，不會是和崔判官一夥的。」我忿忿不平對死鬼道。

「你怎麼知道？難道他也給你飯吃了？」死鬼酸溜溜道。「之前你也認為崔判官是好人，結果嫌疑最大的就是他。說不定賞善司也涉入這案件了？」

「要是找到確實的證據我就相信！目前怎麼看有問題的都是崔判官嘛。」

我們死命地跑，擔心崔判官會不會在這時候有什麼舉動。但還未跑入市區，就看到崔判官一個人慢慢地踱著步，完全沒有要趕回去辦公的樣子。

「死鬼，要盯緊一點。崔判官跑得超快的，要是被他跑了我們一定追不上！」我低聲說。

走回市區，崔判官開始有了動作。他走到一半，忽地閃進一旁的建築物裡。我既興奮又緊張，崔判官終於露出馬腳了！

我們從窗戶窺探，才發現這是一間小店鋪。崔判官和兩個人站在店內。

很想仔細地聽他們在說什麼，但我和死鬼距離太遠，聽不清楚。

隨後，他們便偷偷摸摸地往後面走。

我心中熱血沸騰，喜道：「我們快上去給他來個人贓俱獲！」

死鬼攔著我，只道：「你看清楚他們拿了什麼。」

他們並未走到店鋪後，而是停在櫃子前，一個穿圍裙的人拿了盆小草遞給崔判官。

「會不會是幌子？拿盆花給他是他們接頭暗號。」我疑惑道。

死鬼瞇著眼睛看了一會兒，搖頭道：「不是，崔判官的確在問那盆植物的生長期以及照顧時的注意事項。那店員則說，不能澆太多水、不用施肥，放著就會自己長了……」

「你怎麼知道？我完全聽不到他們說什麼耶！」我詫異地問。

「唇語。」死鬼簡潔地回答。

我給了死鬼一個白眼，真是有屁不早放，在一起這麼久了還不知道他藏著這招。

「電視裡不是常常有這種劇情，從寥寥幾句話就可以知道歹徒藏在其中的線索……一定是密碼！死鬼，你學過密碼學對不對？快解出來他們說什麼。」

死鬼沒有分析他們談話的意願，我只好靠自己。但他們只是談論植物，也沒有其他小動作，最後，崔判官就抱著兩盆草走出店家。

不知道他到底是何居心，難不成發現了有人跟蹤，所以才用這招欺瞞敵人嗎？我苦苦思索，還是想不出崔判官的舉動用意何在。

「說不定這只是單純的消費行為，你沒想過？」死鬼看不下去，開解我道。

「不可能！哪有剛犯下重大罪行的人還有閒情逸致去買花?!」我煩躁回道，「他這麼做一定有目的，可能生死簿的下落就寫在紙條上藏在花盆裡！」

死鬼硬是駁回我的提議，繼續跟蹤崔判官。而崔判官竟像是來到市場的主婦一樣，不斷採買，買的都是些民生用品，毛毯、罐頭和生鮮食品。

而奇怪的是，他到每一間店都會詳細地問他所買的商品的資訊，祭拜日期或是會不會過敏，比主婦還囉嗦。這和他一向給人的淡然出世形象有很大的落差，因此我想他一定是在向那些店家傳達什麼……難不成這些人都是共犯？

我努力想從他們的對話聽出端倪來……應該是叫死鬼看出來，不過死鬼一副興致缺缺的模樣，十分不敬業。

崔判官一下午都耗在血拼裡，等他打算回酆都時，都快接近下班時間了。

「你不覺得很奇怪？照理說這時間崔判官都是在閻王殿處理公務，怎麼今天就偏偏在外面晃來晃去？他一定是心虛，所以才故弄玄虛混淆我們的調查方向！」

「我應該跟 007 搭檔，你和小重一組。」死鬼牛頭不對馬嘴地說，「你們兩個會很談得來，智商和思考模式都差不多。」

「喂，是你自己說這樣分配比較有效率，我都沒說話了你反悔個什麼勁！」我不滿地說。

「如果你不想當拖油瓶，就安靜一點。」死鬼傷人地說。

回到了閻王殿，崔判官審問了幾個嫌犯後打卡下班，不過中間混水摸魚的時間可沒扣掉。

「現在開始是最重要的，如果崔判官要和犯人見面或是商討什麼見不得人的事，趁月黑風高時最適合了。」

「那你所說的那些與崔判官官商勾結、舞弊營私、協助湮滅罪證的店家又變成清白了嗎？」

「他們都是嫌疑犯，同樣不可忽略。」我義正詞嚴地說。

我預料的沒錯，崔判官踏出閻王殿，卻沒朝官邸方向走。

外頭一片黑暗，店家差不多都打烊了，他還能上哪去？

我和死鬼尾隨著崔判官，只見他東彎西拐，行進路線很是不尋常。

崔判官猛然停下腳步。我們伏低身體，藏在建築物的陰影裡。崔判官像是察覺什麼，警戒地轉了一圈查看，他的視線沒在我們身上做任何停留就離開了。

「我突然覺得，我們好像是覬覦夜歸良家婦女的跟蹤狂……」我感嘆道。

突然間，崔判官有了動作。他腿不彎膝不屈，如鬼魅般飛速向前，頃刻間竟已在數百公尺開外。

我急忙對死鬼道：「我們快追！」

死鬼拉住我，指指幾乎看不見人影的崔判官道：「來不及了，追也沒用。」

如果崔判官靠這種方式移動，我們永遠也追不上他的。我把唯一的希望寄託在身為鬼魂的死鬼身上：「死鬼，你不會瞬間移動嗎？電視上的鬼都會耶。」

「……這問題你問過幾次了？我的答案還是一樣。」

我們趕去崔判官官邸埋伏，直到接近子夜，崔判官才漫步回家。而回家之後，他就熄燈休息了。我和死鬼在他房外聽了一整夜，他也安詳地睡了一整夜。

到了早上，我們和蟲哥換班，死鬼交代他該特別注意的事項。

跟監第一天，收穫是零。

等我醒來，已經又到了換班時間。蟲哥正在向死鬼回報狀況，賤狗在一旁打著盹。第二天 007 小組依然沒發現異狀，崔判官的作息相當正常，起床後就去上班，上完班就回家，沒出現如第一天的異常舉動。

「真麻煩，沒有什麼好跟的啦……」我懶散地對死鬼道。

死鬼挑起眉毛，打趣道：「怎麼，才一天你就膩了？」

「無聊死了，等崔判官想要起兵造反時，自然就會露出馬腳了。」

跟監實在無聊，我第一天的滿腔熱血壯志都消失了，徒留滿身痠痛。

今天的崔判官也很正常，正常到不行，甚至沒去買菜，一整天安分地處理公事。所以我就安心躺在橫梁上睡覺，睡到差點掉下去。死鬼救我上來，一張晚娘臉黑得像鍋底。

「若非你還有用處，我早就讓你自生自滅。」他殘酷地道。

「什麼用處？我只會拖累你，快讓我回去睡覺吧。」

「如果需要接近目標的話，你是最適合的人選。」

我無法理解死鬼的邏輯，我要怎麼神不知鬼不覺地接近崔判官？不如讓賤狗去拉拉皮，偽裝成正常狗比較實在。

下班前，崔判官還見了賞善司大叔，兩人很嚴肅地談著生死簿失竊、人間惡鬼橫行的問題。

「我說得沒錯吧？如果大叔是跟崔判官一夥的，怎麼會有這種討論？」我得意地跟死鬼說。

「那麼，看起來同樣憂國憂民的崔判官也是無辜的？」死鬼反擊。

「想也知道，他一定在演戲啦，心裡說不定想著要如何征服世界！」

崔判官和賞善司大叔一起離開閻王殿，並沒有回官邸，而他們的前進方向和崔判官前天無緣無故消失的路線一樣！

崔判官又停了下來，和大叔說了幾句話後就像上次一樣，飛快地離開了。

用這種速度離開一定是怕被跟蹤。今天無論如何都要知道崔判官到底去了哪裡！

我想也沒想，一下子就衝出去。大叔看到我時嚇了一跳，隨即溫和笑道：「哎呀，你在這做什麼？迷路了嗎？」

死鬼從我身後走出，沉著問道：「您好，有件事想必您應該知道。」

「監護人也在啊，有什麼事？我知道的一定會全力幫助你們。」

「大叔，你知道崔判官上哪去了嗎？」我焦急地問。

大叔的眼神閃爍，但只是一瞬間就馬上恢復。「我、我不知道崔判官在哪裡……」

「我剛剛親眼看到你們兩人一起從閻王殿走出來，然後他『咻』一聲就不見了。你一定知道他去哪裡了吧？」

大叔未鬆口，問道：「被你們看到也沒辦法了。可是，你們要知道崔判官去哪裡做什麼？」

「他是重要的案件參考人。」死鬼道。「我們必須掌握他的行蹤。」

「你認為崔判官是嫌犯？」大叔不可思議問道。

「在未水落石出之前，任何人都有嫌疑。」

大叔沉默了一下，應該是在思考，然後他抬起頭來毅然決然道：「抱歉，我不能說崔判官去哪裡，這事關陰間的威信和崔判官的個人隱私。但我可以強調，崔判官絕對不會是偷生死簿的犯人。」

「大叔，這很重要！說不定我們就能因此掌握到重要的證據！」

「……抱歉。」大叔還是只有這一句。

我和死鬼無奈地在大叔的目送下離開。

我們沒去官邸等崔判官，而是回到蟲哥那裡。死鬼吩咐賤狗利用氣味找出崔判官，但賤狗只聞到一個地方就聞不出來了。

「崔判官的速度太快，連味道都來不及留下。」死鬼判斷。「那麼，你終於可以派上用場了。」

隔天，死鬼和蟲哥出去張羅必需品，我和賤狗留守。

死鬼和蟲哥不知道從哪裡搶來了一身衣服讓我換上，我本以為他們又要整我，給我女裝還動物裝之類的，不過只是一套普通的T恤和牛仔褲，還有一頂棒球帽。

「你們搞什麼鬼啊？把我扮成陽光少年，崔判官就認不出了嗎？」我看著帽子嫌惡地說。

「不過你看起來真是煥然一新呢，跟之前骯髒邋遢的樣子比起來要好多了。」蟲哥讚道。「放心啦，崔判官一定會入套！」

我狐疑道：「你該不會要說崔判官有戀童癖？」

死鬼往我後腦勺拍了一下。「你的年紀也太大了。拿著這東西。」他遞給我一塊大概指甲蓋大小的東西，看起來像是晶片。

「這啥？」

「追蹤器，利用衛星導航的。等一下你就黏在崔判官身上。」

我不禁咋舌：「連這種東西都弄得到？我還以為會用釣魚線綁在崔判官身上咧！」

「基本上被火燒掉的東西都會被當成供品，只要找到販售的黑市就沒問題。」他說著邊掏出一隻手機，得意洋洋道：「只要下載配套 App，崔判官完全無所遁形。」

「這是利用人間的衛星，將訊號混在其中，但訊號較微弱，偵測範圍也不大。」死鬼耳提面命囑咐道。「只有這一顆，你一定要成功。」

「我辦事你放心啦！」

下班時間，我們躲在閻王殿旁等崔判官出來。他今天似乎有加班，等了半天都沒見到人。

「會不會是蹺班了啊？」我玩著手中的訊號發送器說。

「噓！來了！」蟲哥用力地拍了我兩下。

我忍著被他打出的內傷，看著崔判官從大門走出，只是旁邊還跟了個鬼差，所幸那鬼差只跟崔判官講了幾句話就拐回閻王殿了。

我咬緊牙關，一下子站起來。

「上吧！」蟲哥自以為激勵士氣推了我一把。

我本來想帥氣地走出去，但被蟲哥推得一個踉蹌，以很難看的姿勢跌了個狗吃屎，趴在崔判官面前。

我趴在地上，心下緊張不已。原本的計畫泡湯了，這樣的出場方式我不知道要怎麼接下去啊！

沒想到，崔判官先開口了：「閣下安好否？」

然後他彎腰下來，伸手拉住我的手臂將我從地上提了起來。

我狼狽地拍拍身上的塵土，將帽簷拉低，粗聲道：「謝謝。」

「閣下是否迷路？」崔判官面無表情道，應該沒認出我。

「我看起來像是迷路嗎？」我凶惡地說，「別擋路，快走啦！」

我這麼粗魯的說話，崔判官也沒生氣，只是微微點點頭道：「保重。」

崔判官一離開，蟲哥就跑出來興奮道：「小鬼，虧你想得出這種偶像劇式的出場方法，只是難看了點。」

還不都你害的！

「只是換了件衣服就認不出我，他真的需要看醫生了。」我有感而發。

「這不重要，你的任務達成了嗎？」死鬼問。

蟲哥拿出手機，螢幕上是一個黑底綠線格子圖，典型的樣式。定位點是手機所在，一顆紅色光點正緩慢地移動，發訊器已經確實黏在崔判官身上了。

「憑我高超的扒竊技巧，黏東西會比扒東西困難嗎？」我得意道。

「你做過這種事？」死鬼蹙著眉頭問道。

「幽默！幽默你都不懂。」我急忙澄清。

蟲哥一臉好笑道：「不過崔判官喜歡動物的傳聞還真不假，派你去果然有用，你表現得就像是隻凶暴的野生狒狒。」

「吵死了！」

沒時間再多說話，我們跟上崔判官，以普通方式跟蹤他。果然，到了那個定點，崔判官又左右顧盼確認沒人在旁邊，然後轉瞬就消失了。

手中的螢幕，小光點也迅速向外側移動中。

我們急起直追，雖然跟不上崔判官的速度，至少不能讓他離開追蹤範圍，否則就前功盡棄了。

「大師，你真的黏上去了？移動的速度像是被風吹著跑的。」蟲哥喊著。

「我可是確實黏在崔判官身上了！」我不滿叫道。

小光點移動速度越來越快，眼看都要到螢幕外了，我們相當勉強才能讓它保持範圍內。

「手機給我！」死鬼叫道。

蟲哥將手機交給死鬼。死鬼停下，將之塞入賤狗的頸圈裡，賤狗接獲命令馬上衝了出去，在前方保持著我們看得到的距離奔馳著。

「哇靠，牠看得懂那東西?!」我不可置信叫道。

小光點的軌跡幾乎繞遍了整座城市，我們才終於見到賤狗停了下來。

「喂，賤狗，你該不會跟丟了？」我喘著氣問。

賤狗很不屑地展示好端端掛在牠脖子上的手機，小光點仍在閃爍，但移動速度已經緩下來。我們的眼前是一扇雕花的巨大鐵門，鐵門旁的圍牆長得看不見盡頭，裡面看起來像是一座占地廣大的西式莊園。

「崔判官在這？那逃犯躲在這麼豪華的地方嗎？」

放眼望去，裡頭種滿了蓊鬱蓬勃的綠色植物，跟一般陰間常見的枯萎發白的樹木不同，風一吹過就發出樹葉摩擦的沙沙聲。我不是大自然愛好者，但這景致和空氣中的植物氣味也讓我覺得遍體舒暢。

「我覺得是情婦！」蟲哥斬釘截鐵地說。「根據我當刑警多年經驗判斷，這裡是崔判官金屋藏嬌的地方，他一定每天來此跟情人私會。」

蟲哥的意見向來不被重視，我們當機立斷地攀上圍牆翻過去，一邊收線一邊注意崔判官的身影。

進到裡面才真正是嘆為觀止，廣袤的綠色植被中毫無人煙，只有偶爾風吹過樹梢時發出的窸窣聲和此起彼落的蟲鳴，讓人恍若置身叢林，樹叢中彷彿隱藏著掠食動物狡猾謹慎的身影，有種草木皆兵的緊繃感。

我們小心翼翼地走，提防著被別人發現。賤狗來到這裡面變得異常興奮，在死鬼的喝止下，牠才躁動不安地翹著尾巴在周圍打轉。

這是個夜晚的叢林，看似平和的景象背後危機四伏，不知名的力量蠢蠢欲動著。

「唰——」一個黑影從旁掠過。

我嚇得躲到死鬼身後，把他當成擋箭牌。賤狗大概也察覺到了什麼，對著黑影竄過的地方開始狂吠。

「007，住嘴！」死鬼喝道，轉頭問我：「怎麼了？」

「你沒看到嗎?!有一頭熊跑過去！」我顫抖指著樹叢道。

「……熊？」

「我不知道啦，沒看清楚，不過那麼大隻一定是熊！」

死鬼應該不相信我的判斷，但還是將我拉到他和蟲哥中間，賤狗在旁邊，形成以守待攻的陣形。

「我記得遇到熊的話要裝死吧？」蟲哥說著廢話，還不知道大難臨頭。

我們快速移動腳步，希望盡快離開這個樹叢。不久，便看到前方枝枒間粼粼波光，還有長草叢圍繞在旁，是一片空曠的草原和小湖泊。

遠遠的草地上，一群動物趴在那兒休息，從輪廓和大小看來，應該是某種凶猛肉食動物。

「不會吧，這裡有熊又有獅子，難不成是……馬戲團？」蟲哥智障地說。

我們沒人答腔。我看了看螢幕，小光點持續往正北方移動，我們要追上就只能橫跨草原、經過那些我只有在動物星球頻道看過的怪獸身旁……

「死鬼，有句話說留得青山在才有柴燒，我看今天還是先撤退好了。」我故作鎮定打哈哈說。

蟲哥一臉無所謂道：「沒關係啦，不是說靈魂不會死嗎？我們就走過去給牠們咬個幾口好了。」

死鬼看向賤狗，柔聲問：「007，這些小貓……你對付應該綽綽有餘吧？」

賤狗囂張地應了一聲，完全不把那些體型比牠大上兩、三倍的動物放在眼裡。我和蟲哥張大了嘴巴想阻止他們。

「死鬼，你這樣會不會太強狗所難？雖然賤狗戰鬥力跟異形差不多，不過對方貓多勢眾耶！」我擔心地問。

「這種數量對 007 來說完全不成問題。牠年輕時還曾隻身潛入一個大毒梟本營，一夜之間，就讓這個幫派盡數覆滅。」死鬼輕描淡寫地說。

我和蟲哥聽著這段擺明是唬爛的光輝往事，不由得吞了吞口水。

死鬼蹲下撫摸賤狗的頭，道：「去吧。」

賤狗狂吼一聲，以拔山倒海、雷霆萬鈞之勢衝了出去。牠的腳步敏捷迅速幾乎不沾地，完全不像一條垂垂老矣的狗。

牠衝出去時就引起獅群的注意了。牠們全數站起擺出威脅姿態，而賤狗毫不畏懼地站在牠們正前方，嘴巴咧開露出白森森的牙齒。

「趁現在快走。」死鬼低聲道。

兩方對峙，看不出哪一邊占了上風……不，獅群似乎有些動搖了。幾頭母獅子放鬆了身體緩緩趴下，而為首的公獅和賤狗互看了很久，竟然也趴下了。

這場景看起來像是獅群覺得賤狗不足為懼，所以放任我們從旁邊走過去。但我知道，那些獅子自知打不過賤狗，所以表現臣服。

越過了獅群，又進入了叢林。

我渾身寒毛都豎起來了，這時才發現樹叢中到處是虎視眈眈的黃澄澄雙眼，在黑暗中熠熠發亮。不過我們一路走下去都沒遭受任何攻擊，因為賤狗威風地走在前頭，昭示著牠在動物界中的王者地位。

前方豁然開朗，又是一片更廣大的草原。

這時，一個不屬於生物的金屬無機質光澤出現在遠處，我立即認出那是崔判官的鎧甲。

我們沿著叢林和草原的交接線前進，看見崔判官在一個木頭圍起的柵欄旁邊，圍籬裡是幾匹小馬，而他正拿著草料和蘋果餵馬，一邊跟牠們絮絮叨叨。

「這裡應該是陰間的動物園。除了我們之外一個人影也沒有，倒是適合做些偷雞摸狗的事。」蟲哥咋舌道。

等崔判官開始動作，我們才又跟了上去。

經過圍籬前，我多看了兩眼，發現有一匹馬的姿態有些怪異，腿比其他馬匹粗短，毛色蒼白，很神經質地往其他馬匹中擠去，似乎很怕生。

「那匹馬的脖子有夠短，毛色也不太均勻，還真是醜。」我評論道。

「嗯？」死鬼凝神一看，臉上出現微妙的表情。「那不是馬。」

我頓時醒醐灌頂，和賤狗同時撲了上去，將那匹馬翻倒在地。

我騎在馬身上，拳頭如雨點般往下砸，賤狗也對牠有偏見，瘋狂撕咬著牠的腿。

「你以為這樣子就騙得過我們嗎？你這王八蛋！落葉要藏在樹林裡，你以為你這馬臉藏在馬群裡就不會被發現嗎？」

那不是馬，而是想要陷害死鬼的馬臉鬼差。沒想到我們找了這麼久的傢伙，竟然躲在這跟崔判官密會。

蟲哥幫忙制伏了掙扎不停的馬臉鬼差，蹲在他面前笑嘻嘻道：「好久不見。」

馬臉鬼差面如死灰，渾身抖個不停。他穿著髒兮兮的褐色袍子，一股馬尿味撲鼻而來，看來這幾天過得並不好。

「是誰指使你來抓我的？」死鬼開門見山地問。

「我、我不知道……」那鬼差嚇得皮皮剉，全身發著抖說。

我獰笑著轉向賤狗，跟牠說：「臭狗，這傢伙想傷害死鬼耶，你打算坐視不理嗎？」

賤狗的眼睛射出精光，喉間發出低沉的吼嚕聲。蟲哥也挽起袖子，陰惻惻地說：「看來你忘記我們之前的『溝通』，不如我現在讓你想起來好了……」

馬臉鬼差淒厲地慘叫，旁邊的馬群受驚，四處亂竄，踩得乾草四處飛揚。

蟲哥好心地幫他拍掉滿頭的草屑，反而讓他更驚恐，歇斯底里地大叫起來：「我、我真的不知道他是誰！我只是收錢辦事罷了，那個人我真的不知道他是誰！」

「那麼生死簿呢？是不是你和崔判官聯合起來偷的！」我問。

「不是我偷的，跟我一點關係也沒有！我怎麼敢偷生死簿！」

我在他後腦勺拍了拍，轉頭看向蟲哥嘆道：「雖然有點殘忍，不過你們還是『溝通』一下才能讓他了解情況。」

馬臉鬼差哀號道：「真的不是我！我敢用我全部的財產發誓！我也是後來才知道，指使我去抓那位大爺的人就是偷了生死簿的人！」

「那麼你躲在這和崔判官竊竊私語討論什麼？不是崔判官監守自盜嗎？」

「我不知道和崔判官有沒有關係，他每天來這裡看動物而已！他不知道我躲在這，我發誓我完全不知道他的勾當！」

我們面面相覷。他的話算是澄清了崔判官的嫌疑嗎？但還是有許多疑點尚未明瞭，而這傢伙撒謊的可能性也很大。

我一腳踩在鬼差背上，喝道：「偷生死簿的人現在在哪裡？」

「我不知道，都是他主動來找我！那人頭大大的，嘴巴尖尖的，手腳很細長，長得很奇怪。」

「又不是ET！你還敢說別人醜，你也帥不到哪去！」我罵道。

我們追蹤了許久才找到這條線索，卻一問三不知……馬臉鬼差描述的長相聽起來有點熟悉，但我絞盡腦汁就是想不出來是誰。

蟲哥並非那麼容易打發，他看了看死鬼，得到死鬼的授意後站起身，捲起袖子並鬆了鬆筋骨，慈祥地對我道：「大師，接下來的場面會有點難看，未滿十八歲不宜，你先迴避。」

我從善如流地離開圍籬站到一邊去。這兩天我只要看到番茄醬都會想起十八層地獄的場景，實在無法忍受血腥暴虐的畫面。死鬼、蟲哥、賤狗三人圍作一圈，半頃後那鬼差便開始發出如殺豬般的嘶鳴聲，他們的手段一定相當慘絕人寰。

我踱到一旁，負責把風的工作。只是向來都是我揍人，其他人把風，閒在一旁覺得有點手癢。

這時有個東西吸引了我的注意。旁邊的灌木叢裡，有一坨蠕動的白毛球，約有我的拳頭大小，大概是小兔子或大老鼠吧？看牠不斷顫動的樣子像是受傷了。

我向來沒什麼同情心，不過遇到這種情況，還是把牠送到醫院比較好。我慢慢靠近，嘴裡念著：「嘟嘟嘟，快過來，小東西～」

那隻小動物依然蜷縮成一團抖個不停，一定是被馬臉鬼差的慘叫聲嚇壞了。我回頭叫道：「喂！你們有水準一點好不好？」

他們似乎殺紅眼了，完全沒理會我。嘖！真是一群暴民！我心裡暗罵，轉回來想自己解決。

一回頭，只見一張臉急速靠近我。我瞬間的想法就是：好大的頭！然後就……

PHANTOM

Chapter 8

眞凶現身

AGENT

KEEP OUT

一股緊迫盯人的視線，讓人不寒而慄，我雖然很睏，卻不得不睜開眼睛。

我躺在一個小房間或小屋裡，這裡應該久無人居，瀰漫著一股腐敗食物的惡臭。屋子裡很暗，窗簾全拉上了，窗外似乎透著光，但無法分辨現在時刻。我轉動眼珠，只見周圍廢棄家具和垃圾的隱約輪廓。

不知道在這裡躺了多久，頭頸都痛得要命。我應該是被人攻擊了，然後帶到這裡來。莫非是窮得鬼迷心竅的鬼差，企圖綁架勒贖嗎？我看了看周遭情況後又迅速閉上眼睛，這時候還是繼續裝昏比較好。

不一會兒，輕微的腳步聲由遠而近，啪噠啪噠的聲音讓人聽了耳朵都發癢起來。我眼睛睜開條縫，卻始終看不到腳步聲的主人在哪。

就我的經驗，那些鬼差不外乎是要錢，而說到錢，我老爸多的是，這下子一切都好解決了。

我從地上坐起，這才發現手腕和腳踝各自被爛巴巴的繩子縛著。試著扭了一下，綁得很緊，憑我的力氣無法扯斷或掙脫。我決定跟這傢伙攤牌，他就在我前方不遠處，看不清楚他的形貌，在微光中唯一能分辨的就是那顆大腦袋。

我心下一驚，這傢伙該不會就是那個犯下滔天大罪的逃犯吧？難道是跑路的盤纏不夠，所以要再做一票嗎？

「如果你要錢的話，可以通知我的同伴，他們一定會想辦法湊給你的。」我試探性地問。

那人沒回答，我則是更緊張了。如果他不是要錢，那麼就只剩下一種可能：他知道我們在追捕他，所以藉此要脅。

「你不記得我了？」那人突然開口道。

我有些錯愕。難道我應該要認識他嗎？聽起來不像是判官大叔或是我來陰間遇到的任何人，這聲音中的惡意赤裸裸地投射而來，讓人不覺冷汗直流。

「你誰？我沒看到你的臉，趁現在放了我還來得及。」我勉強壯起膽子假裝鎮定地問。

「你這小鬼也成熟了不少，不像以前那樣魯莽了嘛。」那人科科笑著。

他往前走向我，離我越來越近，但那張臉卻始終模糊不清。我不曉得為什麼，有一種把頭撇開的衝動，不想看到這個人的面目。

他的臉突然迅速放大，一下子就到我面前。我唯一的想法就是我又回到十八層地獄了，那些醜陋的獄卒要找我算帳。

「鬼啊——!」我大叫。

「好久不見，小鬼。」那個叫我小鬼的醜鬼一臉不懷好意說。

「鬼才跟你好久不見啦……」我說到一半就說不下去了，因為我真的認得這傢伙。

嘴巴尖尖，腦袋很大，手裡還拿著一把槍……

我怎麼也沒想到，綁架我的人竟然是應該死去多時的傢伙！為什麼聽到那些證詞我還無法想起他？事實原來是如此顯而易見。

所有疑團都串聯在一起，一切的謎底都解開了！那個從十八層地獄逃出、偷走生死簿、意圖陷害死鬼的人，竟然是章魚兄！

死鬼生前死在他的手上，這個卑鄙人渣身為警察，卻利欲薰心與黑幫勾結，收賄濫權，洩漏許多警方內部消息，所作所為簡直是罄竹難書。這種傢伙下十八層地獄也是應該的。

這傢伙……害死了死鬼還不夠，現在還想讓他永世不得超生嗎?!

「安分一點，別想逃走。」章魚兄威脅道：「這裡是垃圾掩埋場中央，大叫也不會有人聽到。你是我用來對付組長的重要人質，要是敢亂動我就讓你斷個一手一腳。」

章魚兄的臉比起生前更加猥瑣狠戾，瘦得形銷骨立，眼窩深深凹陷在乾枯的臉上，簡直不成人樣。他穿著破爛骯髒的外袍，身上的氣味令人作嘔。

我乖乖坐在地上，這時候跟他起衝突不是好事，雖然我滿腔的憤怒幾乎要控制不住了。我手放在背後，握緊拳頭道：「你偷走了生死簿，對不對？」

他毫不猶豫點頭：「沒錯。」

我深呼吸想壓抑住躁動的情緒，得先釐清這一切才行。章魚兄旁邊有一坨眼熟的白色毛球，一條線繫在上面，看來他剛剛就是用這東西把我騙過去的。

我們才用類似的招數騙了崔判官，在他身上放追蹤器，結果沒多久，我也上了別人的當。

「你又想做什麼？為什麼要偷生死簿還要陷害死鬼？」

他呵呵笑著，滿布在禿腦袋上青色的血管浮起，看上去像電影《ID4》裡被切掉外殼的外星人。

「我只是想讓組長也嘗嘗身處十八層地獄的感覺。託他的福，我在地獄的這段時間過得很充實。」章魚兄臉上的表情怨毒。

我想起之前看到的地獄景象，此時卻絲毫沒有同情，和章魚兄一起身陷十八層地獄的人肯定都惡貫滿盈。

他兀自說著：「組長一定也很驚訝，在十八層地獄裡有不少想跟他敘舊的人。」

我對他的話嗤之以鼻：「你有沒有搞錯啊，殺了你的是琛哥！而且你做的事註定會下十八層地獄，干死鬼屁事？」

「琛哥是下一個！我現在還不能動他，但遲早我會報仇的，所有害我的人，我都不會讓他好過！」

章魚兄的話像是連續劇裡壞女人角色的臺詞，只是他那副尊容令人不敢恭維。

「在十八層地獄裡這麼久你還不知悔改？你是用了多少錢收買崔判官，讓他願意跟你這種人合夥？」

「崔判官？干他屁事，我有更遠大的目標！」章魚兄一臉狂熱說著。

我詫異道：「這麼說，跟崔判官沒關係囉?!」

「怎麼能說沒關係呢？是他讓我這麼順利偷到生死簿的。崔判官還真是蠢，我老早就打聽到他喜愛動物，就扮成獸醫去找他，騙他說現在有傳染病必須讓寵物接種疫苗，他就完全相信我的話，連我摸走了生死簿都不知道。」章魚兄得意地笑著。

靠！害我一直認為崔判官才是真凶！

由此可見，章魚兄就是生死簿失竊當天關鍵的第三個會面人！這麼說來，崔判官當天的異常行為都情有可原了，他表現出的焦慮原來只是擔心自己家裡的動物。

「你偷生死簿幹嘛？造成陰間陽間大亂你就可以報仇了嗎？你有辦法陷害死鬼，難道你要用怨念勒死琛哥？」

「這你沒必要知道，小鬼。反正你只是誘餌，等組長自投羅網，你就知道我會怎麼對付他了！」

章魚兄將槍口對準了我，但我早習以為常了，更何況現在我是鬼魂，哪用怕這東西。

「呦，你的武器倒是挺先進的嘛，陰間的鬼差們都還在用菜刀咧。」我不在乎地說。

章魚兄陰毒地笑了。「本來是打算趁亂讓組長下十八層地獄，沒想到被你這小鬼給破壞了。我現在改變主意了，我要你們兩個魂飛魄散，永遠不能超生！」

他「喀嚓」一聲退出一顆子彈，那子彈看起來眼熟得奇怪！小小的子彈上竟然畫滿了繁複的紅色花紋。

我腦子裡驀地一炸，這個子彈，和琛哥之前用過的一樣！號稱連鬼魂都能殺死，死鬼就差點死在那槍下！

「那不是琛哥的槍嗎？怎麼會在你這！你們聯手要害死鬼？」我急切問道。

章魚兄嗤笑道：「你以為這只有琛哥能用？他的也是老闆給的，而老闆為了讓我方便行事，也給了我一些。」

我疑惑道：「什麼老闆？」

「當然是青道幫幫主！琛哥是他徒弟，所以我才不能動。不過等我掌權之後，琛哥就不足為懼。」

「這一切都是那個老闆指使的？」

「在我知道自己要下十八層地獄時，還以為沒希望了。但老闆聯繫我，有重要的任務要讓我去執行，就是偷出生死簿，造成陰陽兩界的混亂。只要失去平衡，往人間的入口就會打開。」

章魚兄陰險地說：「到時候，我就可以回到人間，老闆會讓我借屍還魂並授與高位。而報復組長只是我心血來潮，順便做的。」

聽起來這個幫主是比琛哥還要強上幾倍的人物，只是我以前調查琛哥時並未看見過幫主的事蹟。比起名不見經傳的幫主，琛哥更像是青道幫的代表人物。

通常這種人的陰謀，不外乎征服城市，就像《蝙蝠俠》裡被黑幫掌控的高譚市，不過青道幫的勢力所向披靡，幾乎全國的各個角落都被他們染指，實在無法理解青道幫主想要造成陰陽失衡的理由是啥。

我火冒三丈罵道：「又不是閒著沒事，你們以為這樣很好玩？造成混亂到底有什麼目的，難道這社會被青道幫荼毒得還不夠嗎？」

章魚兄冷笑道：「那些大人物的想法不是我們能參透的。我只知道達成任務後所失去的都可以拿回來，還能一步登天。只要能讓我再度復活，就算是要踩著無數的屍體爬上去，我也不在乎。」

……媽的！真是畜生！不知道他們策劃了什麼恐怖的陰謀，要是讓他們得逞，以後人間豈不是滿街都是鬼了？我是不太明白，不過我可沒辦法忍受走路時身旁都是死人！

「生死簿呢？你交給你的老闆了嗎？」我忐忑不安地問。

「人間可以送東西來陰間，但陰間的東西沒辦法直接過去，等入口打開，我就會親自回去將生死簿遞上。」章魚兄伸手從懷裡掏出一本破爛的藍色線裝書，封面就寫著大大的三個篆字，肯定是「生死簿」。

拚死拚活就為了這本發黃掉頁、其貌不揚的爛書，而且書薄到拉屎拿來擦個屁股就用完了，心裡突然覺得相當不值。

「照這情況下去，不出幾十天，我就可以離開這鬼地方了。」章魚兄興奮地搓著手說。

古今中外，所有反派的缺點就是話太多，他已經把必要訊息都告訴我了還喋喋不休，一定會有報應。必須反擊，不能讓他得逞。不過我勢單力薄，章魚兄又有超強毀滅性武器在手，我要怎麼搶回衛生紙……不，是生死簿呢？

光靠我一個人不可能做到，得想辦法通知外界才行……媽的！這地板凹凸不平，坐得我屁股有夠痛！我不爽地扭動身體，忽地想起褲袋裡的東西。

偷瞄了下章魚兄，他大概正在策劃美好的未來，沒空理我。兩隻手被縛著，我艱難地偷偷掏出那東西。這是之前蟲哥沒派上用場的訊號干擾器，我跟他討來玩後就放在身上了。

如果用這東西發射訊號不知道有沒有用？蟲哥說用這東西很容易被偵測到，越靠近干擾會越嚴重，甚至可以藉由手機的收訊來確認位置。

死鬼發現我不見了，一定會想辦法找出我，但章魚兄躲藏的小屋臭得要命，賤狗應該也很難聞出我的確切位置。要是他們到了這附近，而蟲哥身上又有手機，說不定可以找到我？

不過這東西沒電了根本沒用處，我無奈地想著，隨手扔在地上，它的背蓋就掉了下來，滾出兩顆四號電池。

這東西是吃電池的？我靈光一閃，趕緊將干擾器撿回來。

我微微側身擋住章魚兄視線，拾起電池將兩端在地上敲了敲，再裝回機體裡，然後將開關按下。電池沒電後敲敲兩端，通常就可以再頂上一小段時間。我不了解這原理，不過此刻也沒時間再探究了。

從外表看不出機器是否運作，只能祈禱機器靈光，而他們也正好發現了。

不過世事不能盡如人意，等了很久都沒動靜，而章魚兄也越來越不耐煩，臉色凶惡得彷彿巴不得馬上宰了我。

「組長還沒來……難道我是高估了你對他的重要性？」章魚兄喃喃自語。

你答對了！應該抓賤狗比較有用。不過我不敢說明，人質要是失去了價值就只有……

「那麼留著你也沒用了，我自己去找他！」章魚兄站了起來，抽出腰間的槍、陰沉地對著我道：「我就先送你一程。再見了，小鬼。」

我慌忙用屁股向後退幾個大步，「你、你可別亂來喔，要是傷害我，死鬼一定不會放過你的！我跟他的友誼可是比珠穆朗瑪峰還高、比馬里亞納海溝更深，只差沒有桃園結義了……」

「那正好，我殺了你，組長一定會來找我為你復仇。」章魚兄陰險笑著。

靠！我這不是自掘墳墓嗎?!

只見他舉起槍，黑黝黝的槍口對準了我。我瞬間全身沁滿冷汗，腦子裡塞滿所有我未完成的遺憾：還沒把老爸僅存的頭髮拔光、還沒在羅秘書鞋子裡放死蟑螂、還沒考到駕照、還沒脫離處男之身、還沒讓賤狗聽我一次命令……還有死鬼，他……

砰！

槍聲響起瞬間，我的心臟像是被箝住般，四肢無力，隨即眼前出現刺眼強光，亮得我睜不開眼。

我不禁伸手擋著，從指縫間看到有人從敞開的大門走進來，因背光看不清楚他的臉，但我知道那是誰。

死鬼就在我眼前。我好端端地坐著，倒地的人是章魚兄。

「死鬼！你終於來了！」

他俯身從章魚兄手裡拿走槍，然後蹲下解開我腳上的繩子，說道：「幸好你想到用訊號干擾器，否則沒那麼快找到人。」

「那、那個……」我指著章魚兄結結巴巴地說。

「我知道。」死鬼臉色凝重，「其實我之前就曾想到這種可能性，但不想讓你疑神疑鬼就沒說了。沒想到小章會把主意打到你身上，那馬臉鬼差也是受他指使，他已經預測到我們一定會展開搜查，而關係人之一的崔判官也會是重點搜查對象。」

「蟲哥和賤狗呢？」

「他們在外頭盤查，確認有無其他共犯。」

我看看章魚兄，他倒在地上一動也不動。死鬼揚了揚手上的槍，我才注意到除了剛剛收繳的，還有另一把手槍。「小重帶著的，沒想到會派上用場。」

「章魚兄剛剛還說了，他偷走生死簿有其他目的……」

外面傳來一陣雜沓的腳步聲，我警戒地往外看，見到蟲哥和賤狗在門口探頭探腦。

「大師沒事吧？」蟲哥擔心問道，「哇，真的是小章……」

賤狗迫不及待翹著尾巴衝了進來，但走到一半就停下來躊躇不前，還不停在空中嗅聞。

「賤狗，你起肖了喔？」我拍拍屁股站起來。

蟲哥見狀，就要來看賤狗的情況，但他也停了下來，一臉疑惑地看著半空中，手還不停摸索，就像是演默劇的小丑假裝前方有一面隱形的牆。

我的手忽地被抓住向後拉，一隻手用力地箍住我的脖子。

還搞不清楚是怎麼回事，就感覺到冰冷堅硬的東西抵著頭部，讓我一陣陣寒意直往上竄。

死鬼在我面前，滿臉懊惱憤怒，所以說現在抓著我的是……

「嘿嘿嘿，終於讓我逮到機會了，組長。」

章魚兄的聲音從我後頭傳來，他一手架著我，我的眼角餘光看到他右手握著一把小槍，約莫掌心大小，連死鬼也疏忽了。

「放開他。」死鬼沉聲道。

蟲哥和賤狗在外頭不知道搞什麼鬼，好像被隱形的障蔽擋在外面。

「你們掉進我的陷阱了。」章魚兄陰森森道：「我在房子周圍布下陣法，啟動之後任何東西都無法進出。組長，你剛剛這一槍是無法置我於死地的，我早就習慣地獄的折磨，這種傷根本不算什麼。這次是你的失策。」

「我們的恩怨就讓我們解決，不要牽連外人。放開那個小鬼，我任你處置。」死鬼淡漠地說。

我簡直不敢相信聽到了什麼，破口大罵道：「你瘋了！這傢伙會殺了你的！」

章魚兄囂張地笑了：「組長，你現在手上沒有任何談判的籌碼，我為什麼要聽你的？這小鬼也是害我到如此地步的人之一，我怎麼可能放過。一切都要怪你，組長，你好好地去投胎就罷了，為什麼要復仇呢？」

死鬼果決地舉起剛剛從章魚兄手裡沒收的槍，瞄準了章魚兄道：「我再說一次，放開他。你不會認為你的槍法比我準吧？」

「組長，你最好別輕舉妄動。」章魚兄說著，扼在我喉嚨的手更緊了。「你就算打中我的腦袋，我也會拚著一口氣給這小鬼來一槍，讓他立即魂飛魄散。你有信心一槍打死我嗎？」

蟲哥和賤狗在外頭激動地敲著隱形牆大叫，不過半點聲音也沒傳進來。

我大叫著：「一定沒問題的！死鬼，這傢伙頭這麼大，我在一公里外就可以瞄準，你不會打不到吧！」

「閉嘴，別火上加油。」死鬼蹙著眉頭道。

「組長，我們要怎麼分出勝負呢？不如數一、二、三，我們一起開槍，看是我先打到這小鬼還是你先打到我？」

死鬼沉默不語。

我又跳又叫：「這傢伙等著回人間享榮華富貴，怎麼可能殺了我，然後讓你殺了他？他在虛張聲──啊！」

章魚兄用槍柄敲了我一下。幸好這是把小槍，比較難施力的結果就是……還是很痛！

他用刺耳的聲音笑著：「竟然被這小鬼說出來了。組長，我們就進入正題。我對小鬼的性命毫無興趣，但也不在乎順手殺了他。如果他死了，你就算回到人間也沒能有任何作為了吧？」

當時，我們在碼頭邊參與了青道幫的槍戰，也是在那時知道章魚兄是內賊。反派太多話而被其他反派幹掉的橋段在電影裡屢見不鮮，而章魚兄就是這樣被琛哥一槍解決了。

「我可以說出你想知道的，也可以放走這小鬼……」

「不過代價是我的命？」死鬼冷笑道。

章魚兄陰沉地道：「我們來個公平的競爭。我的槍裡只有一顆子彈，你那把有六顆，裝的都是能殺死鬼魂的特殊子彈。你先將五顆子彈拿出，我們轉身，數到五同時回頭，快的人就贏了。」

哇賽！憑你這ＥＴ也想學電影裡的西部牛仔？至少先去整形再來！我心裡暗罵。

「我接受。」死鬼爽快地答應。

章魚兄邪惡地科科笑著，反手把我推了出去，我跌坐一旁，而死鬼將槍口對準天花板開始開槍。震耳欲聾的槍聲迴盪在小屋裡，屋頂出現幾個小洞，灰塵碎磚撲簌簌不住掉落，而隨著這聲音，氣氛也變得如同緊繃的弦一般，一彈就斷。

死鬼赫然停了下來，放下槍對章魚兄道：「如果我輸了，你要發誓不能殺他！」

章魚兄陰惻惻道：「我若對那小鬼動手，永世不得超生。」

死鬼轉向我，面容沉靜從容，語氣像是在交代後事。

「你要幫我記著幕後主使的名字，告訴小重，讓他去想辦法。」

我氣沖沖地說：「老子不要！那你家的事！要是連這個章魚頭都贏不過，你還妄想什麼報仇！不准輸！」

死鬼嘴角微揚，繼續將子彈射出，直到射完五發子彈才停下。他轉身站定，身影籠罩在陽光裡，空氣中金燦燦的浮塵在他身旁飛舞。我看著他，心裡想著天理昭彰，縱然他含冤而死，但老天還是給了他第二次機會。我不奢望所有不公都得以伸張，我只是個心胸狹隘的普通人，只希望……希望……

「那麼，開始了。」章魚兄說，「一。」

我的身體開始顫抖，手心不斷冒出冷汗，牙根發酸。

「二。」

我死盯著死鬼，他鎮定的側臉看起來絲毫不慌張，彷彿一切都在他掌握之中。

「三。」

只見章魚兄說完第三個數字時，臉上浮現卑鄙的笑容。他猛然轉身，將槍口對準死鬼。

我應該出聲提醒死鬼，但聲音竟然卡在喉嚨發不出來。

「四……再見了。」

「死鬼——！」

電光石火之際，我不禁摀起耳朵低下頭，槍聲響徹雲端掩蓋住我的竭力呼喊，震得屋頂碎磚瓦灰塵不住掉落。

我將頭埋在兩膝中間，瞪著水泥地板上無數的小坑洞，心臟的劇烈跳動將所有聲音隔絕在外。我不會逃避擺在眼前的事實，只是需要做足心理準備。在我內心深處始終隱約覺得，死鬼對我的保護終究會招來自身的毀滅。這是我們所選擇的路，我必須見證一切不能逃避。

我抬起頭看向死鬼，他的表情依舊從容不迫，身體直挺挺站著。而章魚兄的表情由疑惑轉為驚駭，胸口有個明顯的槍擊痕跡，軟倒在地上。

為什麼倒地的會是開槍的章魚兄，死鬼卻若無其事背對著……難道章魚兄的子彈轉彎打到自己？

「小章，你的問題就是話太多了。」死鬼轉過身慢條斯理說。

我睜大眼睛。死鬼的右手竟然繞過胸前藏在左腋下，他的西裝背後左側靠近袖筒部分燒破了個小洞，硝煙裊裊冒出。

死鬼拉開西裝檢查其上的破洞，有點後悔的樣子道：「我早就料到小章一定會耍手段，所以打算先發制人。而他的多嘴一向是致命傷，根本不用猜測他會何時動手。」

我瞠目結舌，完全無言以對。

「你這傢伙！為什麼不跟我說一聲？不然打個眼神暗示也行啊，害我嚇得差點要㪚賽了！」我驚喜地大罵。

死鬼檢查著彈匣道：「要是先跟你說，你一定會得意忘形、露出破綻。」

……呃，這麼說好像也對。

「為什麼你要等章魚兄有動作你才要行動？」

「如果我先動手那就是偷襲，等他要攻擊我時再行動，那叫正當防衛。」死鬼淡淡地說，完全不覺得這席話在別人耳裡聽來就只是詭辯。

我不屑說：「你這傢伙真愛裝模作樣，不管怎麼說，你這也和偷襲差不……」

忽地，地上傳來「喀嚓」的子彈上膛聲。

「哈、哈哈……你輸了！」

章魚兄躺在地上，手裡的槍再度指向我。他邊咳著血沫邊說：「我這裡面還有一發子彈，沒想到吧？我要讓你剩餘的時間都在痛苦後悔中度……」

頭頂傳來重物撞擊的聲音，我還來不及往上看，天花板便整個塌了下來。我及時往旁邊滾去，只被幾塊小碎磚K到。

一時間塵土飛揚，什麼都看不清楚。我被灰塵嗆得狂咳嗽，眼淚鼻涕齊流。

小屋子裡頓時明亮如白晝，屋頂和一面牆被這突如其來的攻擊撞塌了。

朦朧中，一道身影從瓦礫堆中站起。銀白精緻的鎧甲、隨風飄揚的紅色帽穗、淡漠的臉孔，來人正是崔判官。

蟲哥和賤狗跑了進來，看來是這房子的結界被崔判官撞破了。

「本官一時降落不及，請見諒。」崔判官慢慢吐出這幾個字，彷彿他踩壞的只是微不足道的東西。

對了，章魚兄……我瞧瞧剛才章魚兄倒地的地方，正是崔判官的腳下，一堆瓦礫蓋著，連人都看不到了。

「所以說……小章被崔判官壓死了？」蟲哥皺眉說著。

死鬼沒理他，逕自上前將石塊搬開。

「小心一點，死鬼！他說不定還沒死。」我提醒他。

石塊清空，章魚兄的臉露出來。他的額上，有一個小窟窿，血汩汩地冒出，這應該就是致命傷了。他的雙眼圓睜，死狀和他生前如出一轍。

他的野心終究還是無法實現，不管是生前還是死後。我見證了兩次他的死亡，一次是肉體，一次是靈魂永遠地消滅。

蟲哥嘆了口氣，看著章魚兄的屍體慢慢地化為齏粉，消散在空中。死鬼沉默不語，他心裡一定也是百感交集。

只是他頭上的傷口怎麼看都不像是瓦礫弄出來的，反倒更是像槍傷。我以眼神詢問死鬼，他狡黠一笑，笑容裡皆是算計。

「我忘了說，我的槍裡也還有其他發子彈。」

死鬼退出彈匣，沒想到竟然還有一枚畫著紅色花紋的子彈。

「剛剛將子彈一發發擊出時，我中途停下來和你說話，趁機將槍掉包了，後來打出去的子彈是小重的槍。轉身開始後我又將槍換回來。雖然型號不同，但似乎沒人發現。」

在崔判官降落引起巨大聲響的瞬間，死鬼便先開槍了。這一槍準確終結了章魚兄的生命，槍響也無聲無息被埋沒了。

我大叫：「死鬼，你竟然耍賤招！你這傢伙真是卑鄙！」

死鬼無視我說的話，自顧自向崔判官解釋章魚兄的身分。

「組長真的變了。」蟲哥感嘆道，「他現在變得圓滑多了，要是以前的他，絕對不會和犯人妥協，還使用這種欺敵方式。他一向都會讓被挾持者失去人質價值，就能直接抓到犯人了。」

「怎麼個失去人質價值法？」我問。

「當然是直接對人質開槍啊！人質受傷變成犯人的累贅，就沒有利用價值了。」蟲哥理所當然地說。

我捏了把冷汗，幸好死鬼沒這樣做。赫然想起一件事，我連忙衝到原本章魚兄的屍體旁搬開碎磚瓦，摸到那本藍色線裝書。我將之高高舉起叫道：「就是這個吧！生死簿在這！」

崔判官拿過我手上的生死簿仔細翻了一下，抬頭道：「然也。」

「拜託你收好，別再弄丟了。說到底，這一切都是因為你沒把生死簿看好！」我火冒三丈道。

「本官自會注意。」

不久後，大批鬼差趕到，並針對章魚兄從十八層地獄逃跑以及偷走生死簿展開詳細調查。

那些隱瞞不報的獄卒們和弄丟生死簿的崔判官責無旁貸，都被罰了一年的俸祿。

PHANTOM

Epilogue

尾聲

AGENT

我們回到閻王殿，對這件事情的始末做出詳細報告，崔判官很好心地讓我邊吃飯邊錄製口供。

「我覺得奇怪的是，為什麼你不說你當時見了章魚兄？」我問崔判官，「要是你早點說我們就不用找得這麼辛苦了，也不會誤會你是凶手。」

崔判官表情嚴肅地說：「本官忘了。」

賞善司在一旁打圓場小聲對我道：「我不是跟你說過，崔判官除了公事以外的事都記不起來？憑他的記憶想要問出什麼來是不可能的。」

靠！一句「忘記了」就可以打發我嗎?!我將怒氣轉向賞善司大叔：「那時我們問你崔判官上哪去時你幹嘛不說？這樣只會增加崔判官的嫌疑耶！」

大叔不好意思地說：「崔判官下班後常常會去陰間動物園，但那時間動物園早就閉館了，我怎麼能說我的上司利用職權強迫園方讓他進去？」

「這又不是新鮮事！我老早就聽過你們循私廢公、貪贓枉法的種種行徑了，有什麼稀奇的！」

判官大叔只能摸頭苦笑。

「本官於此感謝諸位相助。」崔判官語氣平淡地說，「若非本官尚有工作，必鄭重表達感激之意。如今陰間運作恢復正常，先前停擺累積之工作需盡快處理，恕本官失陪。」

崔判官說完，咻一下就不見蹤影，還是一如往常地我行我素。大叔跟我們道歉之後也急急忙忙跟上去。

他們走了之後，我才將從章魚兄那邊聽到的來龍去脈，詳細地告訴死鬼。

「偷生死簿主使者是青道幫幫主？」死鬼皺眉道。

「沒錯，等回去之後就趕快把他抓起來，問他到底有什麼企圖！」我對蟲哥道。

蟲哥苦笑道：「問題是，我們不知道青道幫幫主是誰。」

「怎麼會不知道是誰？黑道幫主不是都很高調嗎？還會要人家對他喊『千秋萬世，一統江湖』啥的。」我完全不相信蟲哥所說的。

「青道幫創立三十餘年，發展成數一數二的黑幫，最為人熟知的首領之一便是琛哥，其餘還有各堂主和長老，從來沒人知道青道幫幫主的廬山真面目。警方推測應當換過兩代幫主，然而一個也沒查出來。」死鬼解釋。

「至少琛哥一定知道！章魚兄說琛哥是幫主的徒弟。」

死鬼沉吟道：「當初，小章正要說出殺我的幕後主使時，被琛哥一槍滅口了。這可能代表幕後主使和青道幫幫主的真實身分同為不可洩漏的祕密。我想這兩人一定有關聯。」

「回去後我會詳加調查，看看能不能抓幾個管理階層回來問話。」蟲哥躍躍欲試道。

我默默扒著飯，死鬼見狀問道：「怎麼了，不合你胃口？」

我放下筷子，吶吶道：「對不起，死鬼。要不是我被章魚兄挾持，你應該可以從他口中問出這些事……」

「無所謂。小章雖然口風不緊，但他說出的話也不值得相信。」死鬼溫和道，「不過查出這些事的重責大任就落到你頭上了，雖然不太相信你的能力，不過也只能如此。」

我啐道：「老子平常受你驅使已經夠多了耶，這種事也要我做喔？」

「唉。」蟲哥突然出聲，裝著很三八的聲音扭扭捏捏道：「你們每次都這樣旁若無人地打情罵俏，我都不好意思看了。」

賤狗則一臉不爽地對著我發出「吼嚕嚕嚕~」的威嚇聲。他們兩個一搭一唱，玩得不亦樂乎。我和死鬼則視而不見，跟他們計較太浪費時間了。

這時，一個鬼差匆匆跑來。

「崔判官請閣下過去一趟。」鬼差對我說。

「幹嘛？我已經吃飽了。」我疑惑問道。

死鬼將手放在我肩膀上道：「你就去看看吧。」

來到偏殿，鬼差領我到了一間房門口，示意我進去。

這裡也如崔判官家的裝潢一樣樸實簡單，但裡面半個人都沒有。可惡的崔判官，竟然還要大牌讓我等！

我正計算著，要是他再不出現，老子就把窗戶打爛時，門猛然開了。

「你這傢伙……」

我準備好的一長串不帶髒字的粗話梗在喉嚨出不來。

一陣濃霧從門口緩緩擴散進來，霎時整個房裡雲霧繚繞，完全看不見周遭事物，彷若置身在廣袤無垠的空間，天圓地方間只存這一片無邊無際的濃霧。

我心中警鈴大作，心想崔判官到底有何意圖，這種裝神弄鬼的出場我已經看多了。

濃霧的另一端，一盞宛如豆粒般大小的燈火模模糊糊地冒了出來，飄搖晃蕩，看起來詭異至極，卻又讓人不禁想探究一番。

那盞青燈逐漸靠近，我像腳底生根似地動彈不得。霧中出現一隻手提著閃著幽魅燈火的燈籠，但那條手臂不屬於崔判官。

這人的臉我已經很多年沒見到了，她的相貌並未如她生命的最後時期那樣乾枯委靡，而是和我小時候的記憶一般，清秀的五官、溫婉的笑容，雙眼笑起來時有些瞇瞇的，還有淡淡的魚尾紋。

我用力地揉揉眼睛，眼前的人依舊微笑看著我。今天還真的見鬼了！

「媽……」我不禁脫口而出。

我努力釐清目前的情況，平復急促的呼吸，然而心跳不受我控制，怦怦跳個不停。

「媽……妳怎麼會在這？妳還沒去投胎嗎？」我強忍著鼻酸問道。

她沒回話，兀自微笑著。我覺得奇怪，上前想搖搖她，但手卻穿過她的身體。

「此乃她的意念。」

崔判官在她身後出現。

「什麼意思？這不是我媽？」

「閣下之母已不在陰間，她投胎至人間以全新身分過著全新人生。」崔判官淡然道，「然而此女意念強烈到足以殘留在陰間，本官將之收集並加以定形，便成閣下所見之模樣。閣下無法觸碰意念，而此女亦無法回答閣下之母意念裡不存在之答案。」

我默默看著這有些透明的影像，隨著時間過去，她似乎又淡了一些。

崔判官的聲音悠悠傳來：「本官予以兩位獨處時間。」

待崔判官再次出現時，她的聲音和身體以及這片濃霧像被風吹散般，漸漸消失，只剩下幾縷若有若無的輕煙在原地迴盪，遠得像是記憶中的驚鴻一瞥，又近得像是俯在耳邊的輕語，縹緲而真實。那瞬間，我似乎可以感覺到纖細冰涼的觸感從臉上拂過。

我閉上眼睛，要把她死後依然掛念著我們的樣子銘刻在腦海裡。

從沒想過還有再見到老媽的一天，雖然還想多跟她待一會兒，但片刻的交談就彌足珍貴。

崔判官一直看著我，等我看他時才開口說：「意念已然消散，本官察覺不到任何此女氣息。」

我深呼吸道：「沒關係，沒有必要再見面了。現在沒有老媽我也可以過得很好，叫她安心升天吧。」

「她並非升天，而是投胎了。」崔判官提醒道。

「我知道！那只是一種說法啦！」我怒道，「謝謝你啦，做了這種多餘的事！」

崔判官搖頭：「這並非本官所為，乃閣下朋友所求。」

我一愣，隨即明白了崔判官說的是誰。真是雞婆……

我走出房間，見到死鬼倚在柱子旁。他綻出一個輕蔑的微笑道：「你沒哭？」

「哭屁啊，你才哭咧！」我罵道。

「走吧，我們要回去了。」死鬼轉頭道：「記得向崔判官道謝，大概是為了答謝你找到生死簿，所以才這樣做的吧。」

「喔。」我隨便應了是，心下了然。

死鬼拜託崔判官時應該有囑咐他不能說，但崔判官肯定忘記了。我決定閉上嘴巴，因為死鬼臉皮薄，要是知道了面子一定會掛不住，轉而整我洩憤。

我們到了閻王殿會合，崔判官已經在那裡等著。

「工作繁多，請恕本官無法送諸位一程。本官委派一名經驗豐富之鬼差帶領，請諸位寬心。」

說時遲那時快，崔判官說完，我們的腳底就出現了巨大的黑色漩渦，看起來相當眼熟。

「為什麼又是這個傢伙?!」我慘叫著。

漩渦裡伸出一堆扭曲的觸手，包圍而來。第一次見到這種運送方式，蟲哥和賤狗都顯得很驚慌。

「後會有期。」崔判官道。

「誰跟你後會有期！我這輩子都不打算再見到你！」我大罵。

「人終有一死。待閣下報到之時本官可給予特別優待。」崔判官認真地說。

「滾你的……」

我還沒說完，觸手完全遮蔽了光線，將陰間的一切人事物都隔絕開。

終於可以回去了，這是我此刻唯一的想法。

黑暗中傳來一陣熟悉的聲響，那是賤狗準備對我發起攻擊前的威嚇聲。我大吃一驚，這裡伸手不見五指啥也不能做，我又怎麼惹到牠了？

「哇！救命啊！」

鬼差的聲音傳來，原來賤狗攻擊他？這時腳下突然劇烈晃動起來，伴隨著鬼差的慘叫，我重心不穩跌倒在地。接著，整個空間就像是掉進洗衣機似地滾動起來。

我胡亂伸著雙臂想抓住任何能抓的東西，感覺到其他人不斷和我擦身而過卻都無法碰到。賤狗咬著鬼差倒是咬得很穩妥，因為鬼差的慘叫聲尚持續著。

「你穩著點行不行？」我大罵，「不過被狗咬了就這樣……靠！」

腦袋猛然撞到堅硬的物體，我和蟲哥同時發出痛呼，我只覺得頭昏腦脹，意識漸漸模糊……

還沒睜開眼睛，我就聞到了到醫院裡特有的不舒服氣味。

慢慢從床上坐起，病房裡一片寂靜，只聽得到我兩旁的病床上一邊是勻長的呼吸聲，一邊還在磨牙。

……搞什麼？我迷茫地看著病房，沒有其他人在。我怎麼會住在這種三人病房啊……不，重點是，我怎麼會住院？

一抬手，一截斷裂的繩子從手腕上滑落，看起來髒髒的，我的手腕皮膚還長了一圈紅疹，癢得出奇。

病房房門打開了。一個長得挺美的護士推車進來，看到我坐在床上，她馬上衝出去大喊：「護理長！患者醒過來了！」

我只覺得莫名其妙，又不是睡了幾年的植物人，醒來有什麼好稀奇的？說起來我比較想知道我幹嘛睡在醫院？

不久後一個男人走了進來，穿著西裝，身材挺拔，但他沒穿著白袍，看上去倒像是ＣＩＡ特工。他的臉上出現欣慰的微笑，對著我說：「你醒得真快，小重和 007 都還沒醒來。」

他指著睡在我兩旁的人。左邊是一個沒見過的男人，兀自好夢正眠，雖然閉著眼睛，但嘴邊竟然有一弧微笑，看起來十分愚蠢。而右邊那東西是咖啡色的，嘴裡「呼哧呼哧」個不停，四肢不停擺動就像游著狗爬式一樣。

「那是啥?!是狗還是異形？為什麼醫院裡會有動物？」我驚恐大叫。

男人臉色忽地一變，一個箭步衝過來抓著我的肩膀問道：「你不認得他們嗎？」

我不耐煩說道：「誰啊，看都沒看過。話說回來你又是誰啊？」

「你真的……不知道我是誰？」男人抓著我，語氣嚴峻地問。

「肖欸！」我用力掙扎，但他的手紋絲不動。「老子幹嘛要知道你是誰！你很有名？」

病房門再度走進幾個人，是醫生和護士。

「這傢伙是誰啊？快幫我趕走。」我對著醫生叫道。

所有人都睜大了眼睛看著我，彷彿我不認得這人有多麼奇怪一樣。我心下一驚，難不成我真的睡了幾十年？

「別跟我說這傢伙是現任總統。」我絕望說著。

醫生乾咳了一聲，推推眼鏡道：「你的旁邊……沒有任何人在。」

我指著抓著我的男人大吼：「我說的是這傢伙！你們眼睛脫窗喔？」

小護士憐憫地看著我搖搖頭，其他人也都一臉茫然。

他們都看不見這人？

我突然打了個寒顫，這時才驚覺那個男人抓著我的手冰得像是冷凍庫的結霜，臉色也灰白得嚇人。

鬼……

我的腦子裡只剩下這個字，然後便口吐白沫、眼前發黑了。

模糊中，我感覺到周圍的人手忙腳亂忙地查看我的狀況，還有一雙冰冷的手緊緊地握著我。

我渾身雞皮疙瘩都冒起來了，腦子命令我的眼睛不能睜開，否則一定會被這個冤死鬼拖走。

「我知道你醒著。」那鬼的聲音就近在耳畔。

我渾身一顫，寒意從腳底直竄上腦門，果然還是被看出來了！

「你聽著，不要害怕，我不會傷害你。」鬼的聲音十分誠懇，「我想，你應該是失憶了。」

失憶……？這什麼老哏連續劇劇情，鬼才相信咧！

我聽見在一旁診斷的醫生對護士道：「我想患者應該是腦部損傷，導致幻覺產生。妳去聯絡家屬，需要安排新的檢查。」

一個信誓旦旦地說我失憶，一個又專業地判斷我是撞壞腦子了……這到底是怎麼回事啊？

——《Phantom Agent 幽靈代理人03》完

PHANTOM AGENT

Sidestory

番外

「哇靠，油價又要漲了，等會兒趕緊牽空軍一號加油。」我看著新聞道。

「嗯。」

「又有黑心商品了。媽啊，那些我幾乎全部都吃過耶。」我噁心地說道。

「噢。」

「你看，這個新上任警政署長不就是你以前的上司嗎？」我驚訝地大叫，「氣質像李察吉爾的那個老頭。」

「唔。」

「……死鬼，如果你再這樣敷衍我，我發誓會繼續講到你受不了為止。」

他拿著報紙的手似乎僵硬了下，然後才緩慢放下報紙，露出不耐煩的臉，雙手一攤道：「你又有什麼問題？」

「你別光看報紙，我無聊得快拿窗簾繩勒死自己了。」

死鬼皮笑肉不笑地說：「Suit yourself.」

「你烙啥英文？老子聽不懂啦。」

這是一個夏日週末，我和死鬼剛從港口青道幫槍戰中死裡逃生。我必須靜養一陣子，而死鬼回到陰間再回來似乎也傷了元氣，成天懶洋洋的。

靜養期間，我將家裡所有電動破了關，手機遊戲也玩到沒興致了，現在悶得慌，又沒有節目可看，只能躺在電視前的懶骨頭上看看有什麼聳動的新聞。

死鬼坐在沙發上，將報紙疊好放在一旁，道：「所以？」

我調大電視音量，將遙控器隨手丟開。「你就針對這些新聞發表你的高見啊，偶爾聽聽你偏頗又憤世嫉俗的想法也不失為一種娛樂。」

電視上正播著新官上任記者會，他思忖著：「局長……不，現在應該稱呼署長了。他是所有警察的典範，和我父親是故交，我在總局期間他也相當照顧我，升為警政署長應當是眾望所歸……」

「噗噗——」我舉起雙手打叉大喊。「零分！你故意這麼說的吧？每個人都有見不得人的一面，我想聽的是桃色緋聞或是貪汙受賄那種啦。」

他摸摸下巴道：「我倒是聽說局長在外頭有眾多情婦，不過沒人能證實。若真有其事，狗仔隊也會挖出來的。」

「雖說是緋聞但不知道細節，無趣。下一個。」

下一條新聞著實吸引了我的注意力。最近又出現連環殺人事件，而且頭兩起發生在我所住的市區。凶手三個月之內作案四起，直到最近警方才將這幾個案子連繫起來，判斷為同一人所為。今天召開第一次記者會公布消息，並說了些案件細節。

死鬼聚精會神看著新聞，要是插嘴的話大概不會有好下場，所以只能任他看著長達十多分鐘的現場 Live 記者會。

老實說，我對社會新聞的關心就只有感嘆聲「世風日下，人心不古」然後拋諸腦後這種程度，而其他政治、經濟相關新聞更是一笑置之。

我百無聊賴地等著死鬼看完新聞，沒想到他看完之後陷入沉思，表情嚴肅得可怕，害我不敢要他發表對於案件的看法。

過了半晌，他才突然像是被按下開機鍵般啟動了，開口就道：「我要回家一趟。」

好吧，這和我期待的反應不一樣。我不禁問道：「哪個新聞勾起你的鄉愁了？」

死鬼站起身，扣上西裝釦子道：「我需要拿一些卷宗。方才那起連續殺人事件和我過去經手過的一個案子十分相似，或許有些關聯。」

一朝被蛇咬，十年怕草繩，我忐忑不安地問：「回你家？青道幫不會在那埋伏嗎？」

「我已經死了，他們在我家埋伏也沒意義。」他輕描淡寫道。「何況，我這次要回老家。」

死鬼的老家在鄰市，搭地鐵三十分鐘就到了。這裡靠近郊區，環境清幽，深灰色的柏油路面乾淨而毫無汙漬，街道兩旁的行道樹茂密而綠意盎然，路邊建築多半是獨棟透天厝，每棟房子都有磚紅色的屋頂和整齊的庭院。

這地方漂亮得簡直像是風景月曆上的照片。雖離鬧區遠了些，但環境不是市區可以比擬的。若是票選最適合居住的地區，這裡肯定能拔得頭籌。

我邊打量著走在一旁的死鬼，將滿腹的疑問提出：「你在這裡長大？」

「是。」

「這裡環境看起來很不錯，你怎麼會變得這麼機車？」

「我不明白其中的關聯性。」

死鬼的腳步放慢下來，我亦步亦趨跟著。一個推著嬰兒車的年輕辣媽從我身後出現，快速往前走，風情萬種地回頭瞥了我一眼。

我看了看自己，身上是昨晚睡覺時穿著的T恤和海灘褲，看似邋遢，但無形中有種瀟灑不羈的風範，難怪一路走來，路人都對我佇足回首。

「你的褲子破了。後面。」死鬼冷冷道。

我連忙回頭檢查屁股，果然看到海灘褲中央扯裂了一條筆直的縫，露出我的內褲花色。

「你怎麼不早跟我說！」我拉著T恤摀住屁股，憤怒地吼道。

死鬼淡然地看了我一眼。「我以為青少年現在流行這樣穿。」

「去你的！」

死鬼在一棟和周圍沒啥差別的屋子前停下。大白天看不出屋裡有否開燈，但車道上空蕩蕩的，看來沒人在家。

「你媽一定很賢慧，這樣的房子整理起來很費勁。」我道。

他不置可否，身影沒入大門裡。半晌，大門下方門縫露出泛著黃銅光澤的東西。我蹲下抽出鑰匙和門卡，左顧右盼確認沒人之後，開門、進去、關門，一氣呵成。

我脫下鞋子拿在手上，死鬼直接領著我走上階梯。忽地腳底一陣椎心刺骨的疼痛，我哀號著坐倒在樓梯上。

腳下是一個樂高積木人。對樂高有點了解的人都知道，這東西的材質異常堅硬，踩到這小東西的邊角可不是能輕描淡寫過去的。

我拾起藍色的積木小人扔到旁邊，埋怨道：「怎麼你家樓梯上會有積木？哇，說了我才發現，那裡是客廳吧？滿地都是玩具。」

死鬼瞄了眼，恍然大悟說道：「現在才想起，我應該有個外甥或外甥女。」

我揉著腳底，嗤道：「前一陣子你才說你妹妹沒小孩，過了一個月就多了個外甥，孵蛋也沒這麼快！」

死鬼眉頭微蹙，似乎努力地回想著自己的腦袋放到哪裡去了。片刻後才尋思道：「我記得死前沒多久有聽說妹妹懷孕的消息，但我那時為了案件焦頭爛額，沒怎麼放在心上。算起來小孩早該出生了。」

他說在遇到我之前都像個遊魂飄盪在人間，渾渾噩噩的，也不知道自己要做什麼，遇到我之後才彷彿被注射了一劑強心針，心智清明起來。說起來，這段時間發生的事情，死鬼大概也不清楚。

然而這傢伙連自己生前的事都不關心，未免也太扯了。

我拍拍他的肩膀，嘆道：「像你這樣活著也不容易。」

死鬼嫌棄地看了我一眼，繼續上樓。他走進他生前的房間，翻了條款式老舊的運動長褲給我。

「這種樣式只有中年歐吉桑才會穿。」我啐道。

他淡然看著我，眼中風雲變色，頓時陰風四起、溫度驟降。

我連忙脫掉海灘褲，將腿套入棉質褲管，一邊嘟囔道：「我錯了行嗎？我沒想到我們的年齡差距，而且你似乎進入更年期了……」

所幸他沒理我，自顧自地在書櫃裡翻找。

我環顧四周，死鬼說他在這裡住到二十幾歲才搬出去獨立生活，怎麼這裡看起來像是個老鰥夫的房間？一般人會貼在牆上的海報獎狀、會放在櫃子上的獎盃模型啥的，在這個房間裡完全不見蹤跡，角落堆著一摞摞的塑膠收納箱，想必放的都是工作用的東西，簡直跟倉庫一樣，比他的公寓更沒人情味。

看樓下客廳這麼多玩具，死鬼老媽肯定是寵小孩那型的，卻養出死鬼這種像是電視劇裡會拿著紅酒杯站在落地窗前奸笑的中二角色，怪哉！

死鬼翻出個檔案袋，席地一坐便開始翻閱。他仔細閱讀卷宗，我蹲在旁邊看著他手上的資料。在現實生活中，連環殺手這個詞太遙不可及，現下有機會目睹，當然不能錯過。只是當死鬼翻到照片時，只消瞄一眼，我便立刻移開視線。

「我的媽呀……」我吞了吞口水，壓下反胃感。

死鬼看著檔案沉吟道：「手法、地域、目標選擇皆相當吻合，側寫部分有些微落差，畢竟中間隔了七年……」

「七年？」我看了看檔案年分。「過了這麼久，你確定真是同一人所為？」

「當然不能。」死鬼一手撫著下巴，另一隻手輕輕敲打著紙面。「殘暴的手法如出一轍，但這並非沒有前例。許多連環殺手都會研究歐美過去的案例以擬訂自己的行動準則，但他們會堅持自己的方式，除非為了阻撓警方辨案方向，才會改變規律和手法以混淆視聽。」

他又翻了幾頁，繼續說：「這個人到現在還肆無忌憚地未改變手法，可見事前計畫準備相當充足。也許已有經驗。」

我靠著收納箱坐下，看著死鬼小心翼翼問道：「七年前他殺了一個人後消聲匿跡，怎麼過了這麼久之後又突然狂性大發？」

死鬼彈了彈紙面，不疾不徐道：「擁有反社會人格特徵的人並非如一般人想像中孤僻或離群索居。他們可能智商極高，懂得讓自己融入並隱沒在人群當中，擁有正當的工作以及一定的社會地位，因此不會輕易鋌而走險。他們第一次殺人之後，因為恐懼以及心中的渴望暫時得到滿足，往往就此收手，但潛伏數年後再次行凶的機率很高。有了經驗又食髓知味，於是便一發不可收拾。這樣的案例比比皆是。」

我盤起雙腿，一手撐在膝蓋上托著下巴，嘆道：「這種神經病我只在電影裡看過，沒想到真有如此喪心病狂的人。」

死鬼將檔案袋封起，表情嚴肅。「我也從未辦過類似案件。沒想到當初那件懸案竟然拖到現在演變成連環殺人，縱使不是同一人所為，也必定有所關連。」

「這案子很難辦？」我問。聽到死鬼手上有他未能破的案子，我也沒心思調侃，畢竟人命關天。

他愣愣地看著房間一處，片刻後才說：「我接了這案子沒幾天就被調離了。」

死鬼沒說清楚，但可以料想當時場面應該不是很愉快。以死鬼白目的個性，我猜八成是因為頂撞上司或是自恃甚高、別人看不過去之類的原因被左遷。

不過警界相當封閉，許多內情不為人所知，若是因為這種原因導致有能之人被調離職務，也未免太蠢了些。

死鬼站起身，將地上的箱子物品收拾整理成原貌，我拿著檔案袋下樓。

我一路上偷偷觀察著死鬼，對於這個從小長大的家裡，他顯得相當理智，並未抱著相框發呆或是看著啥懷念的花瓶流淚，不過他如此冷靜反而讓人不太爽。我猜他只是不想在我面前流露情緒。

我下樓之後率先走出大門，從外頭將門鎖上並將鑰匙塞進門縫，讓死鬼將鑰匙藏回原來的地方。

「請問你是？」

聲音從後方傳來，我悚然一驚，手裡的檔案袋掉在地上。

心驚膽跳地回頭一看，只見我後方站著兩人，一個是中年婦女，另一個竟是剛剛那位推著嬰兒車的辣媽。

我也不是笨蛋，馬上就知道了中年婦女一定是死鬼的老媽，而年輕辣媽應該就是他妹妹。之前在死鬼公寓看過他家人的照片，竟然忘了。不過這死傢伙在路上和自己的妹妹擦身而過竟然沒吭一聲，看到妹妹推著嬰兒車也沒想到自己有個外甥，真不曉得他是不是將腦袋忘在家裡了。

我慌慌張張打了招呼：「您、您好，不好意思打擾了。」

我一邊說客套話，一邊彎腰佯裝著不小心打開了檔案袋，讓文件散落一地。趁著她們幫我撿拾文件時迅速在心裡編出一套藉口。

「想必您是組長的母親，我是已故組長的同事，蟲哥讓我過來……請您幫個忙。」

死鬼媽媽恍然大悟道：「你是小重的下屬啊？還和我兒子是同事？你看起來真年輕，幾歲了？」

「我……我娃娃臉！」

死鬼的妹妹將文件遞給我，微笑道：「你是我哥的同事？看起來不太像。」

我知道她說的是那條破海灘褲，不禁漲紅了臉，結結巴巴道：「不好意思讓妳見笑了。沒上班時都習慣穿得輕鬆一些。」

這時我才想起，我現在身上穿的是死鬼的褲子！我心中忐忑，但見她們兩人沒產生懷疑的樣子，便默默地跟在她們身後再度走進屋裡。

進去之後，我左顧右盼，竟沒見著死鬼。這傢伙該不會打算留我一個人在這？我雖是想好了藉口好讓他家人不至於認為我是闖空門的，但要是露出破綻，還需要死鬼在旁邊提示。

死鬼妹抱起嬰兒車裡睡著的小孩子走進一樓的房間，死鬼媽則領著我到了客廳，倒了果汁給我，笑道：「家裡很亂，小弟弟別介意。對了，怎麼稱呼你？」

我隨口道：「叫、叫我小王就行了！」

……可惡！千千萬萬個名字可用，偏偏就想到小王嗎?!

見我表情古怪，死鬼媽露出了慈祥的笑容，我連忙跟著微笑喝果汁。

和死鬼媽的談話過程相當順利，她輕易地就相信了我的說詞。「蟲哥讓我到組長公寓裡找資料。」我拿起手中的卷宗示意。「不過我發現資料不齊全，蟲哥便吩咐我來這裡請伯母幫忙。」

「原來是要找資料啊。」死鬼媽露出煩惱的樣子。「他的東西我都收在樓上房間裡，至於你要的資料，我也不知道怎麼找。」

我連忙搖手：「沒關係，我自己找。請伯母帶我上去就行。」

她領著我上樓的時候還一直說話，問我工作如何、身體如何、男女關係如何，聽我現在單身，巴不得介紹一堆女孩子給我。死鬼媽的和藹熱情讓我不禁感嘆死鬼的個性一點也沒像到他媽。

到了死鬼房間門口，我還特意裝作走過頭，心裡覺得自己真該去念戲劇學校，演技好壞與否就是要從小地方著手。

「真是個大工程。我幫你一起找，你需要什麼樣的卷宗？」她打開房門後，看到房間裡的塑膠箱，便決定幫助我。

我邊將上頭的塑膠箱搬下來，一邊含糊道：「這個……過失殺人的啊，強盜殺人的啊，之類的。」

死鬼媽嘖嘖稱奇：「你們緝毒組還真辛苦，連殺人案都要管。」

我心裡大叫糟了，表面不動聲色：「是啊，這個案件牽連複雜，必須和凶殺組一起合作辦案，警局還特地設了專案小組調查。」

死鬼媽連忙擺手說她最怕這種刑案，她雖是員警親屬，但還是不要知道正在調查中的案件比較妥當，以防和鄰居閒聊時洩漏機密。

這樣當然最好，省得我又得編故事。對於剛剛看到的案件我還心有餘悸，對她道：「您若是看到比較……血腥的照片，不要多看，拿給我就好。」

死鬼媽點頭稱是。我們兩人坐在地上開始翻查，她隨即又啟了話匣子開始討論我中午吃了什麼。她是個開朗可愛的歐巴桑，看得出來年輕時很漂亮，談吐也很有內涵，和她聊天挺好玩的。

我一邊翻著卷宗一邊閒話家常，還順便打聽死鬼妹的婚姻狀況。聽到她過得幸福美滿讓我心裡半是欣慰、半是可惜，不過這點不能說出來。

接著死鬼媽問我和死鬼共事有何感想。我嚥了嚥口水，客套地說他是個年輕有為、御下有方的上司，有才能有外貌有個性，是我心中景仰崇拜傾慕的對象。

死鬼媽聽我把他誇得有如金正恩似的，竟然呵呵笑了出來。

我心中一驚，連忙補充道：「這個……其實我和組長共事時間不長……」

她將一本牽涉的卷宗交給我，竊笑道：「原來他在外頭是這個樣子啊，真是裝模作樣。」

這一席話勾起我的八卦之心，趕緊詢問詳情。

死鬼媽說，別看他工作很認真，在家裡卻是好吃懶做；在外頭表示自己完美毫無缺點，實際上講話結巴的毛病直到上了國中才治好；他在警局下班後時常請下屬吃飯，但過年打麻將輸錢卻會擺臭臉；他受女孩子歡迎，遇到桃花時總表現得清高自持，但做媽的知道他心裡其實沾沾自喜。

我知道死鬼媽的話應當有幾分誇大，但還是無法忍住爆笑，笑到我肚皮幾乎快要抽筋，連忙讓她緩緩，別一下子丟太多訊息出來。

為了投桃報李，我也跟死鬼媽說了些祕辛，例如他打電動時會用賤招和外掛，還在晚上自己開靜音偷練習，就是無法忍受輸給我；他喜歡唱《第六感生死戀》的主題曲，卻唱得荒腔走板、五音不全；挑漫畫的品味差到可恥，盡看以中年人為主角的說教漫畫，而自己也常進入輔導老師模式，罵人又臭又長；對人表現出善意後便冷嘲熱諷一番，表示自己只是順手……為此我還跟她解釋「傲嬌」的意思。

我們兩個笑得人仰馬翻，卷宗散得一地都是。

笑聲漸歇，安靜下來的瞬間卻突然有些傷感。死鬼媽也一樣，我見她微微紅了眼眶，頓時有些驚慌失措，不知該如何是好。我知道她的心情，因為我也感同身受。說越多那人的缺點，便越覺得他的死有多遺憾。

心情穩定下來，死鬼媽像是聊天氣一樣開朗地對我說：「他表面冷淡，其實是個體貼的孩子。你能理解他……很好，很好。」

我將手中的果汁一飲而盡，將空杯子放在腳邊，腦中努力地考慮該怎麼開口，才能讓自己聽起來像是個成熟負責又有說服力的成年人。

「組……組長他是個好人，我相信他一直在天上守護著家人……那些害了他的人，無論有什麼陰謀，他們都不會得逞的。我、我會逮住他們！」

我吶吶說了一長串，自己都覺得沒什麼說服力，不過死鬼媽沒多說，只是倒了果汁又拿了點心給我，還招呼死鬼妹上來幫我一起找。她將正熟睡的死鬼的外甥女放在外出用寶寶提籃裡一起帶了上來，安置在死鬼房間床上。

和她們相處一段時間下來，我深深了解到「三個女人一臺戲」這句話的真諦，當她們三人搶著說話時完全沒有我插嘴的餘地，就連死鬼的才幾個月大的外甥女都咿咿呀呀叫個不停。

黃昏時我抱著一堆用不到的卷宗，婉拒共進晚餐的邀請，在夕陽中揮別了死鬼的家人。

我默默走在路上，腳下一邊踢著碎石一邊哼著兒歌。

死鬼無聲無息地出現在我身邊。一人一鬼走著，走著，走著。

我抬眼偷瞄他，他僵著臉說道：「閉嘴。」

伸出手比了個ＯＫ手勢，我在心中記下這次勝利。

——番外完

高寶書版集團
gobooks.com.tw

輕世代 FW196
Phantom Agent幽靈代理人03

作　　者　胡椒椒
繪　　者　霞野るきら
編　　輯　林紓平
校　　對　林思妤
美術編輯　彭裕芳
排　　版　彭立瑋
企　　劃　陳煒翰

發 行 人　朱凱蕾
出　　版　英屬維京群島商高寶國際有限公司臺灣分公司
　　　　　Global Group Holdings, Ltd.
地　　址　臺北市內湖區洲子街88號3樓
網　　址　www.gobooks.com.tw
電　　話　(02) 27992788
電　　郵　readers@gobooks.com.tw（讀者服務部）
　　　　　pr@gobooks.com.tw（公關諮詢部）
傳　　真　出版部　(02) 27990909　行銷部 (02) 27993088
郵政劃撥　19394552
戶　　名　英屬維京群島商高寶國際有限公司臺灣分公司
發　　行　希代多媒體書版股份有限公司/Printed in Taiwan
初版日期　2016年7月

國家圖書館出版品預行編目(CIP)資料

Phantom Agent幽靈代理人 / 胡椒椒著.-- 初版. -- 臺北市：高寶國際, 2016.07-
冊；　公分. --

ISBN 978-986-361-297-1(第3冊：平裝)

857.7　　105003971

三日月書版

三日月書版

GOBOOKS
& SITAK
GROUP©